Erik L'Homme

Terre-Dragon

I. Le souffle des pierres

GALLIMARD JEUNESSE

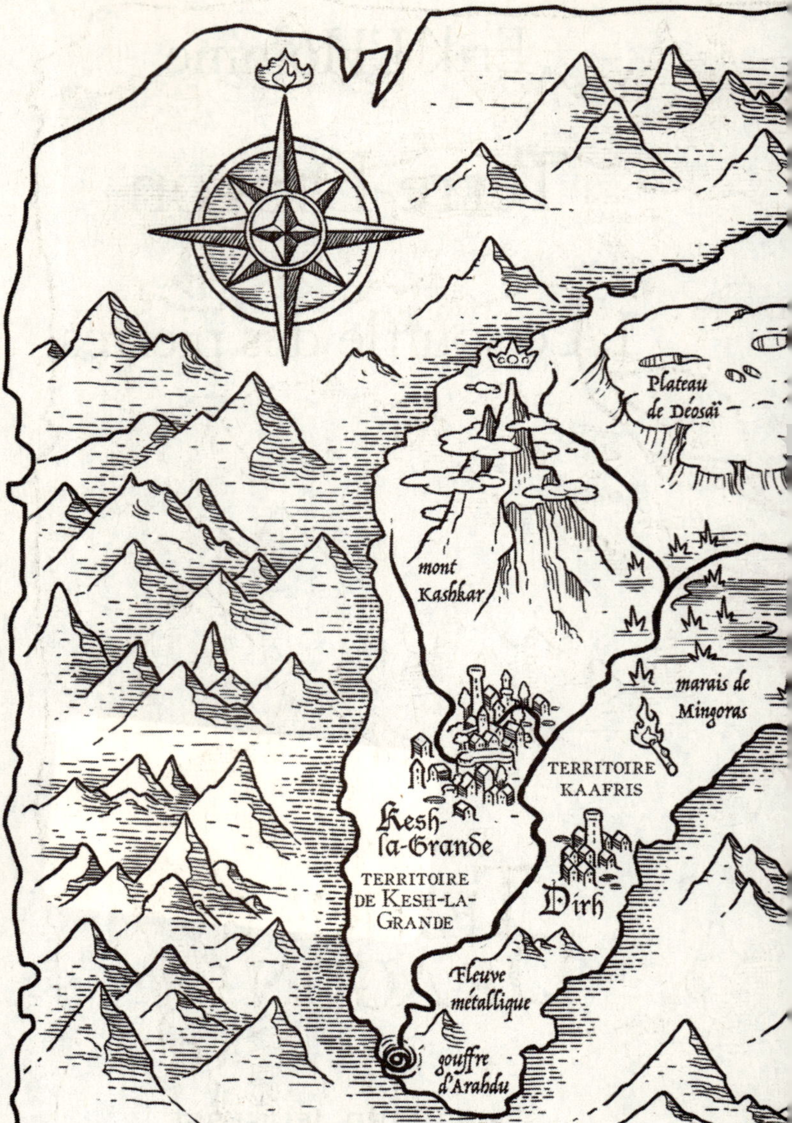

Plateau
de Déosaï
mont
Kashkar
marais de
Mingoras
TERRITOIRE
KAAFRIS
Kesh-
la-Grande
TERRITOIRE
DE KESH-LA-
GRANDE
Dirh
Fleuve
métallique
gouffre
d'Arahdu

clan de
Dird-le-Chenu
clan de
Shogh-le-Pieux
TERRITOIRE
NAATFARIR
ERRITOIRE
BAADALIS
Ayhun
clan
d'Oqam-le-Pêcheur
étangs de Gansh
ROYAUME
DE
TERRE
DRAGON
TD

Première partie

(...) Au bord du royaume
j'ai été pris par des hommes.
Ils brandissaient des fourches
avec un air farouche.
Moi j'étais nu.
J'ai cru ma dernière heure venue.

Ils étaient fous de rage.
Je leur ai dit qu'en me tuant ils mourraient.
Parce que j'étais sous la protection d'un sorcier.
Ils m'ont épargné et jeté dans une cage. (...)

Et dans les bourrasques
de flocons gelés
qui collaient à mes joues comme un masque
les jambes entravées
par une neige épaisse recouvrant les crevasses j'ai marché
et puis marché sans jamais me retourner.
Fuyant avec la peur pour compagne
en direction des montagnes.

Dans le brouillard mauve
j'entendais les fauves.
Leurs cris se perdaient dans le vent qui sifflait
et le craquement des glaciers.
J'ai couru et je suis tombé.
Et puis j'ai attendu le cœur fatigué.
Mes prières ferventes
ont hâté la fin de la tourmente. (...)

Le Chant du Fleuve ou *Voyage de Rosk-le-Borgne*
(extraits des chants VI et VII)

1

Sheylis frissonna.

Elle n'avait jamais aimé sa grand-mère. Pour tout dire, cette vieille femme lui flanquait la chair de poule. Quelle idée avait traversé la tête de sa mère pour qu'elle l'abandonne ici ?

Elle voulait avoir les mains libres pour refaire sa vie avec cet homme, ce marchand dont j'ai oublié le nom…, remâcha intérieurement Sheylis.

Bref, sa mère avait disparu sans laisser de traces ni donner de nouvelles.

Sheylis habitait désormais à une lieue du village de Karar, sur le territoire des puritains de Shogh-le-Pieux, en bordure d'une sombre forêt de chênes-houx aux troncs rugueux et aux branches noueuses, dans une solitude qui lui pesait. Elle n'avait pas d'amis. Les filles qu'elle croisait lorsqu'elle se rendait au marché refusaient de lui adresser la parole. Elles chuchotaient sur son passage et Sheylis savait qu'elles l'avaient surnommée Mauvais-Œil.

C'était pareil avec les garçons.

Pourtant, Sheylis était jolie. Très jolie, même. Elle avait treize ans et promettait, avec ses boucles brunes et ses étonnants yeux verts, de faire chavirer les cœurs. Mais pour les villageois, sa grand-mère était une sorcière qui pratiquait une magie malfaisante.

N'empêche qu'ils sont bien contents de la trouver, la vieille, quand ils sont malades, eux ou leurs bestiaux ! songea amèrement Sheylis.

Le seul point positif, depuis qu'elle avait été confiée à sa grand-mère, c'était que celle-ci lui transmettait son savoir. Sèchement et sans indulgence, sans manifester la moindre affection mais sans méchanceté non plus. Deux années auprès d'elle avaient suffi à la jeune fille pour devenir une apprentie tout à fait convenable. Sa grand-mère connaissait en effet les plantes qui guérissent, ainsi que l'usage des thun-lawz, les jetons de pouvoir ; cela leur valait, malgré la méfiance constante des gens de Karar, une relative tranquillité.

Tranquillité malmenée ces derniers temps par une épidémie de peste rouge particulièrement virulente, qui avait causé de gros ravages dans le cheptel de la région. Même sa grand-mère s'était révélée impuissante à endiguer la maladie. Alors, les villageois s'étaient mis à murmurer ; à sous-entendre qu'elle y serait peut-être pour quelque chose. Le clan de Shogh-le-Pieux n'était pas réputé pour son ouverture d'esprit…

– Sheylis ! appela une nouvelle fois sa grand-mère.

Elle chassa la peur de son esprit et entra dans le

cellier. L'odeur douceâtre de la fumée de pin-résine la prit à la gorge ; cette odeur flottait sur l'ensemble du royaume, car tout le monde se chauffait et cuisinait avec cet arbre qui poussait vite et partout. La cabane rudimentaire, de bois et de torchis, adossée contre le tronc d'un chêne-houx millénaire, ne comptait que deux pièces ; celle-ci, petite, qui servait de remise, et une autre, plus grande, dans laquelle elles mangeaient, travaillaient et dormaient sur des paillasses étendues chaque soir devant la cheminée.

Vêtue de son sempiternel manteau de laine noir, la tête cachée sous une large capuche, la vieille femme fouillait dans un coffre que Sheylis ne se rappelait pas avoir déjà vu ouvert.

– Ils vont venir, annonça la vieille sans se retourner. Je l'ai lu dans les thun-lawz. Ils brandiront des torches, des armes et seront pleins de colère. Rien n'a changé depuis le temps de Rosk-le-Borgne… Ils me veulent, ils te voudront aussi. Ces idiots s'imaginent qu'en nous tuant ils chasseront la maladie. C'est pourquoi tu dois partir. Tout de suite.

La jeune fille resta foudroyée.

– On doit partir ? balbutia-t-elle. Mais où ?

Sa grand-mère coula vers Sheylis un regard désolé.

– Il n'y a pas de « on ». Mes vieilles jambes me trahiraient au premier obstacle. Tu dois t'enfuir seule. Évite l'Est et le territoire des Naatfarirs ; ce sont des barbares. Trouve refuge auprès du clan d'Oqam-le-Pêcheur, si tu parviens à franchir le Fleuve, ou celui de Dird-le-Chenu, par les montagnes. Les gens, là-bas, nous tolèrent davantage.

– Mais vous ? insista-t-elle encore.

– C'est trop tard, ma fille.

Elle fixa Sheylis avec une intensité accrue.

– Essaye de rester en vie. Je te promets que je serai toujours près de toi.

Elle ramassa un sac de cuir posé à côté du coffre et le tendit à Sheylis.

– J'ai mis dedans un jeu de thun-lawz, de quoi boire et manger pour plusieurs jours, ainsi que quelques herbes et potions.

Elle se défit de son manteau et le posa sur les épaules de Sheylis. Sans lui, elle paraissait encore plus maigre.

– Ne perds pas de temps, termina-t-elle. Tu as été une bonne apprentie. Et la meilleure chose, peut-être, qui me soit jamais arrivée.

Puis elle prit sa petite-fille dans ses bras. Sheylis se sentit émue malgré elle par cet élan d'affection et les douces paroles de sa grand-mère, les premières qu'elle lui adressait. Elle regretta qu'il ait fallu cette situation terrible pour que la vieille femme se livre enfin, et elle éprouva le sentiment d'un énorme gâchis. Puis une vague de chaleur intense l'envahit. Un vertige s'empara d'elle et son cœur se mit à battre plus fort. Elle n'allait quand même pas laisser l'émotion la submerger ! Ce n'était pas le moment.

– Maintenant va, mon enfant, dit la vieille femme

en la repoussant. Ils arrivent. Que les dieux te protègent dans ton périple !

La sensation d'étourdissement disparut aussi soudainement qu'elle était apparue.

Sheylis prit le sac et se dirigea vers la porte.

Elle se retourna pour regarder une dernière fois sa grand-mère : l'image de la vieille sorcière devenait floue. Elle secoua la tête et sortit.

2

Le guerrier contemplait la cage d'un air songeur.

Il était grand et musclé. Ses cheveux longs étaient attachés sur la nuque par un cordon graisseux. Une barbe courte et noire dissimulait en partie la cicatrice qui fendait sa joue gauche. Son regard, clair, brillait d'une intensité peu commune. Sa tenue de cuir renforcée de pièces métalliques disparaissait en partie sous une fourrure de loup, animal qui vivait en meutes nombreuses sur la steppe. Il portait au côté, dans un fourreau parfaitement ajusté, le sabre traditionnel des guerriers naatfarirs. Fixée sur son dos, une targe en cuivre, décorée de thunlawz entremêlés, tenait compagnie à un petit arc à double courbure et à un carquois rempli de flèches en bois sombre.

Il fouilla dans un seau au-dessus duquel bourdonnait un essaim de mouches, puis jeta à travers les barreaux un os à demi rongé.

– Tiens, Peau d'Ours, ton repas !

Dans la cage, une silhouette surgit d'une couverture

miteuse. Elle s'empara avec avidité de l'os et retourna dans l'ombre, posant sur son geôlier un regard chargé à la fois de crainte et de haine. C'était un jeune garçon, qui portait comme uniques vêtements un pagne de toile rêche et une grande peau de bête jetée sur les épaules. De taille moyenne, il était maigre, affreusement sale. Il avait les cheveux blonds en bataille et les yeux bleu foncé, presque noirs. Il était difficile de lui donner un âge. Il avait douze ans peut-être, guère plus.

Le guerrier sourit. Il décrocha de sa ceinture un collier, une bande de cuir cerclée d'un étrange métal bleuté et incrusté de thun-lawz scintillants. Il l'agita sous les yeux du garçon.

– Tu seras traité comme un être humain le jour où tu deviendras un animal !

Puis il s'éloigna d'une démarche souple, emportant le seau de déchets vers les autres cages alignées le long de la palissade.

Son os serré contre sa poitrine, le garçon attendit que l'homme soit suffisamment loin. D'où il se trouvait, il voyait la cour boueuse, la porte à double vantail, les gardiens qui obéissaient à cet homme, nommé Ishkar. C'était lui, toujours lui, qui le nourrissait depuis maintenant trois ans. Depuis sa capture. Depuis la mort de ses parents, tués par les Naatfarirs. Cette solide cage, construite en fer, cette cour, protégée par une épaisse clôture de bois que surveillaient nuit et jour les guerriers ; l'odeur légèrement sucrée du bois résineux qui formait les murs de l'enceinte ; cet homme enfin, pensif et méprisant, étaient devenus son unique horizon.

Les souvenirs de sa courte vie de liberté s'estompaient comme des lambeaux de brume s'effilochant dans le vent. Il se rappelait son nom : Ægir. Il se rappelait qu'au moment de sa capture il était vêtu d'une peau d'ours, qu'on lui avait permis de conserver et qui lui avait valu son surnom. Il se rappelait que sa famille fuyait quelque chose avant d'être surprise par les cavaliers pillards. Il conservait encore en mémoire de rares moments, quelques scènes, sans rapport les uns avec les autres. Mais le visage de sa mère s'était effacé, en même temps que celui de son père et de sa sœur.

Il était seul. Il n'avait jamais eu l'occasion de se lier vraiment avec les autres prisonniers. Il lui arrivait de discuter avec eux dans la langue commune à tout le royaume, mais les captifs ne restaient jamais longtemps dans leur cage. Que devenaient-ils, une fois emmenés de l'autre côté de la palissade ? Il n'en savait rien. Il savait seulement que lui, on ne venait jamais le chercher. Parce qu'il était le plus jeune ? Il serait devenu fou ou bien se serait laissé mourir de faim et de froid, s'il n'avait pas trouvé refuge dans une idée fixe : s'échapper. Et découvrir ce qu'il y avait derrière les pieux de l'enceinte.

Ce soir, tout allait changer. Il attendait depuis longtemps, très longtemps, un os comme celui-là. Son plan était prêt, dans les moindres détails.

Il considéra une nouvelle fois sa prise, puis se mit à la ronger voracement.

Il allait avoir besoin de toutes ses forces.

La porte de la cage céda dans un grincement qui lui sembla un coup de tonnerre.

Ægir attendit un moment, le cœur battant, priant de toutes ses forces les trois divinités du royaume.

Le Chevaucheur de Vent, pour qu'il tapisse sa route de silence.

Le Maître de la Foudre, pour qu'il aveugle ses gardiens.

La Reine des Montagnes, pour qu'elle fasse taire sa peur.

Personne ne vint et Ægir respira de nouveau. La nuit était noire. Il s'en réjouit, elle couvrirait sa fuite.

Il laissa sur la porte l'os imposant qui lui avait servi à forcer la serrure endommagée par la rouille. Il se blottit dans sa peau d'ours, autant pour se protéger de la morsure du froid que pour se donner du courage, et posa le pied dans la cour.

Il commença par se redresser. Sa cage était suffisamment longue pour qu'il puisse s'étendre entièrement, mais pas assez haute pour se mettre debout. Il savoura cette impression, une fois vaincu un léger vertige.

Son regard monta jusqu'à se perdre dans la voûte céleste, piquetée d'une myriade d'étoiles. Elles avaient toujours été là pour lui, nuit après nuit. Il s'était amusé à leur donner des noms, à imaginer des formes, à élire la plus brillante. Il éprouvait pour ces petites lumières, hors d'atteinte des Naatfarirs, une véritable tendresse.

Il se dirigea ensuite sans bruit vers la portion de palissade qu'il savait mal surveillée. Ses mains et ses pieds trouvèrent sans difficulté les nœuds, nombreux sur les troncs de pins-résine, et il s'éleva rapidement au-dessus du sol. Il s'était entraîné tous les jours, à l'insu de ses geôliers, à s'accrocher et se suspendre aux barreaux de fer de sa cage, faisant travailler les muscles de ses bras et de ses jambes.

Il atteignit bientôt le sommet des pieux, qu'il franchit entre deux pointes. Çà et là, loin de se douter qu'un de leurs prisonniers était en train de s'évader, des Naatfarirs patrouillaient, engourdis par le froid. Ægir se laissa tomber de l'autre côté.

À sa grande surprise, aucun village ne se dressait derrière les murs. Aucune maison, aucune forteresse. Ce qu'il avait pris pour une cour était en réalité un enclos. Une prison, isolée au milieu de la steppe. Le seul bâtiment qui flanquait la palissade abritait une écurie et une salle des gardes pourvue d'une cheminée.

Ægir hésita. Il n'avait qu'une connaissance très imprécise des lieux. Sa mémoire chancelante n'avait pas conservé le souvenir de son trajet, et les informations obtenues des autres prisonniers restaient vagues. Il savait que les terres naatfarirs se situaient à l'extrême orient du royaume, sur les vastes plateaux où le Fleuve métallique, qui traverse Terre-Dragon, prend naissance. D'immenses étendues, recouvertes d'une steppe brûlante l'été et glacée l'hiver, propices à l'élevage des chevaux mais inadaptées à la culture, qui contraignaient les Naatfarirs à troquer leurs bêtes contre fèves et céréales.

Deux possibilités s'offraient à Ægir : suivre le lit d'un des ruisseaux courant sur la steppe et rejoindre le Fleuve, ou gagner les montagnes dont la masse semblait écraser le plateau où était l'enclos.

Ensuite, en sécurité sur le territoire d'autres clans, il aurait le temps d'aviser.

Après un moment de réflexion, Ægir jugea l'option du Fleuve trop évidente : les chevaux ne mettraient pas longtemps à le rattraper. Il se décida donc pour les montagnes, où les Naatfarirs, s'ils décidaient de le poursuivre, seraient obligés de progresser à pied.

3

Ishkar fit ouvrir la lourde porte en bois qui condamnait l'enclos.

Son instinct l'avait réveillé en pleine nuit, dans sa tente de feutre, alors qu'il dormait sous une épaisse couverture de laine. Il se passait quelque chose d'inhabituel.

Le chef naatfarir contint son impatience devant la lenteur de ses hommes. Il était personnellement responsable des Dakans. C'était cette responsabilité importante qui lui valait un siège au Conseil de la tribu. Ishkar se savait jalousé par de nombreux officiers, et ceux-ci attendaient la moindre erreur de sa part pour réclamer sa place.

Il pénétra dans la cour. Un coup d'œil lui apprit aussitôt qu'il ne s'était pas trompé. Il se précipita vers la cage d'Ægir : elle était vide. Il donna sur la porte un coup de pied rageur, qui envoya valser l'os coincé dans la serrure.

Par le radeau de Rosk-le-Borgne ! s'exclama-t-il en lui-même.

Des mots claquèrent et les Naatfarirs se regroupèrent autour de l'écurie.

– On a un fuyard, cracha Ishkar en sautant sur son cheval. C'est le garçon, il n'a pas pu aller loin. Teresh ! Prends quatre hommes et galope en direction du Fleuve. Moi, je pars vers les montagnes. Et, par tous les dieux, sécurisez-moi cet enclos !

Il talonna la bête couleur terre, dont le poil d'hiver commençait à pousser, et disparut bientôt dans la nuit, suivi par deux guerriers mécontents d'avoir été arrachés à la quiétude de la salle des gardes.

4

Ægir avançait trop lentement.

Sa captivité dans une cage ouverte aux quatre vents l'avait endurci contre le froid et les intempéries, mais la première bourrasque de neige l'avait malgré tout glacé jusqu'aux os.

Il s'efforçait de rester serein.

S'il neige, essaya-t-il de se convaincre, *les Naatfarirs auront du mal à suivre mes traces*.

Les traces… Il ne sentait plus ses pieds. Il les avait pourtant entourés de bandes de laine prélevées sur sa couverture. En fait, seule sa peau d'ours lui apportait un semblant de chaleur. Il grelottait.

Je vais mourir de froid dans les montagnes, songea-t-il, presque étonné. *Les Naatfarirs trouveront mon corps au printemps et ils se le disputeront au galop de leurs chevaux*.

L'aube le surprit alors qu'il entamait son ascension vers le premier col.

La position du soleil lui confirma qu'il suivait la bonne direction, et la chaleur des rayons qui frappaient son dos acheva de lui redonner courage.

Puis la faim le mordit cruellement. Il n'avait pas pu mettre de nourriture de côté. Ishkar lui donnait à peine de quoi survivre chaque jour. Quand son gardien n'était pas content de lui, il était même totalement privé de repas. Il était accoutumé à manger peu mais ses maigres réserves d'énergie avaient fondu au rythme des efforts qu'il déployait depuis le début de la nuit pour avancer tout en luttant contre le froid.

Ægir s'accorda une pause. Il s'assit sur un rocher qui émergeait de la couche de neige. Il ne devait pas s'arrêter trop longtemps, sinon il ne repartirait jamais.

Mais à quoi bon repartir ? se dit-il. *Je n'y arriverai jamais, c'est évident. Il faut être lucide : qu'est-ce qui m'attend derrière le col ? D'autres montagnes et encore plus de neige. Je ferais mieux de m'allonger là et de me laisser mourir ! Ou bien de redescendre et de me rendre...*

Il aperçut, en contrebas, des silhouettes sombres qui progressaient rapidement. C'étaient les Naatfarirs.

Immédiatement, l'envie de se rendre le quitta. Pour l'avoir suivi jusque-là, les guerriers noirs devaient être très en colère et la punition serait à la hauteur de leur fureur. Ægir n'était même pas sûr qu'Ishkar tienne suffisamment à lui pour ne pas le tuer...

Il puisa dans sa peur la force de reprendre l'ascension.

Derrière lui, comme il l'avait escompté, les cavaliers avaient sauté à terre. La pente était devenue trop forte et trop glissante pour les chevaux. Abandonnant leurs montures, ils continuèrent la poursuite à pied.

– Peau d'Ours ! hurla la voix d'Ishkar qui lui parvint faiblement. Je vais t'attraper et te fouetter jusqu'à ce que je voie tes os luire sous la lune !

Ægir poussa un gémissement. Ses poursuivants gagnaient rapidement du terrain sur lui. Il tenta d'accélérer encore.

Je ne peux pas retourner là-bas, songea-t-il, affolé. *Je ne survivrai pas au fouet ! Je ne survivrai pas à une nuit de plus entre des barreaux…*

Tandis qu'il se précipitait maladroitement en direction du col, un mouvement furtif attira son regard. Était-ce l'un de ces géants cruels qui attaquaient les voyageurs près des passes pour les voler et les dévorer ?

Un feulement répondit à son interrogation muette.

Les histoires disaient qu'on pouvait leurrer un géant avec des mots agiles ou bien le prendre de vitesse avec des jambes vigoureuses. Mais elles ne rapportaient rien de la sorte au sujet des tigres…

Or c'était un tigre des montagnes qui venait d'apparaître dans la pente, grand comme un cheval, lourd comme un bœuf et vif comme un serpent. Le plus craint des prédateurs du royaume, que seuls quelques fous – qui ne vivaient pas vieux – chassaient pour sa superbe fourrure blanche rayée de noir.

Le félin descendait vers lui en une succession de bonds fabuleux.

Les Naatfarirs s'étaient arrêtés net dans leur élan. Les yeux fixés sur le tigre, attentifs à sa progression, ils entamèrent un prudent mouvement de repli. Il était rare, en effet, que le terrible animal se contente d'une seule proie.

Ægir ne perdit pas de temps à réfléchir. Il fit ce qui paraissait le plus raisonnable : il creusa un trou dans la neige et se blottit à l'intérieur, en rabattant sur lui sa peau d'ours. Puis il se mit à invoquer en silence la protection des trois divinités.

Le Chevaucheur de Vent, pour qu'il trompe l'odorat du fauve.

Le Maître de la Foudre, pour qu'il le dissimule aux yeux du monstre.

La Reine des Montagnes, pour qu'elle étouffe les battements de son cœur.

5

Le tigre s'arrêta à quelques pas du garçon, déconcerté.

De sa vue perçante et avec son flair redoutable, il avait débusqué un humain, un jeune humain qui avait osé s'aventurer sur sa montagne. Or celui-ci venait tout bonnement de disparaître. À la place de l'odeur un peu fade des hommes flottait maintenant l'effluve musqué d'un ours des forêts.

L'animal huma de nouveau l'air. Oui, c'était un ours, un grand mâle, qui s'était blotti dans la neige, à moins de trois bonds. Pourquoi était-il venu ? Les ours grimpaient rarement aussi haut. C'était un pacte millénaire : aux tigres les montagnes, les mouflons et les voyageurs égarés, aux ours les forêts, les cerfs et les bûcherons imprudents.

Il secoua la tête et feula. Il avait faim, certes, mais pas au point de s'attaquer à un ours. Le gigantesque félin dirigea son attention en contrebas.

Il découvrit d'autres proies, des chevaux et des hommes, qui foulaient également son territoire. Il comprit alors la raison de la présence de l'intrus chez lui : traqué par des chasseurs, l'ours des forêts s'était tout simplement réfugié dans la montagne. Eh bien, ces chasseurs allaient apprendre ce que l'on éprouve à devenir gibier à son tour !

Il poussa un rugissement puissant, que les sommets alentour amplifièrent.

Les humains s'enfuyaient à présent dans un désordre risible. Il sentit leur peur et il s'en délecta. Il rugit encore une fois, pour le plaisir, et il s'élança dans la pente.

6

La route du Fleuve étant coupée par une foule en colère, Sheylis avait filé de toute la vitesse de ses jambes en direction des cimes enneigées, à travers la forêt.

Elle était obligée à présent de faire un détour par les hauteurs si elle voulait rejoindre les terres d'un autre clan.

Il s'en était fallu de peu pour que la foule l'attrape avant qu'elle puisse s'évanouir dans la pénombre protectrice des grands arbres. Elle connaissait la forêt comme sa poche, pour y avoir passé de longues journées à la recherche de bois pour le feu et de plantes, ou pour relever les collets que sa grand-mère lui avait appris à poser. Aussi avait-elle facilement distancé les villageois qui l'avaient prise en chasse.

Le sac dont l'avait chargé sa grand-mère pesait lourd sur ses épaules. Mais les provisions qu'elle y avait découvertes, quand elle s'était arrêtée, exténuée, à l'approche de la nuit, dans le creux formé par les racines tortueuses d'un chêne-houx, l'avaient récompensée de ses efforts. Indifférente aux éraflures, elle s'était blottie contre la rude écorce de l'arbre et avait sangloté, laissant s'enfuir avec les larmes une partie de son chagrin et de sa peur.

Elle était repartie bravement avant l'aube, accentuant son avance sur ses poursuivants, pour gagner les alpages qu'elle connaissait moins bien. Là, une neige précoce avait ruiné ses espoirs de ne pas laisser de traces…

Sheylis profita de la vue dégagée, entre deux passages de brume, pour faire le point et se repérer. Elle desserra le cordon qui maintenait le manteau de laine sur ses épaules et sortit d'une poche intérieure une curieuse pierre bleue, attachée au bout d'une ficelle.

Mon premier cadeau, ne put-elle s'empêcher de songer, *ma première récompense*.

Sa grand-mère la lui avait offerte après qu'elle eut confectionné toute seule une pommade de cicatrisation. « Grâce à cette pierre, lui avait dit la vieille femme, tu pourras aller plus loin dans la forêt, là où poussent les plantes rares, et revenir à la maison sans te perdre. » Voilà qu'aujourd'hui, avec une ironie cruelle, elle utilisait la pierre bleue pour s'en éloigner.

La jeune fille chassa ses pensées et s'obligea à se concentrer. Elle tint la pierre à bout de bras. La pointe oscilla avant de se figer, indiquant une direction.

Je tiens le cap, je fais toujours route vers le sud-ouest, constata-t-elle, rassurée.

Les terres de Dird-le-Chenu étaient très éloignées. Sa seule chance de les atteindre était de rejoindre le Fleuve et de trouver un pont ou un passeur pour gagner celles d'Oqam-le-Pêcheur. Là-bas, elle serait soumise à d'autres lois que celles de Shogh-le-Pieux. Les règles du royaume étaient sans ambiguïté et les hommes qui la poursuivaient ne pourraient rien contre elle.

Je dois à tout prix maintenir mon avance, se répéta-t-elle en serrant les dents.

Malgré sa fatigue et l'incertitude effrayante à laquelle l'avait condamnée sa fuite, il ne lui était pas venu à l'esprit une seule fois d'abandonner ou de se laisser aller au désespoir.

Sheylis s'engagea sur un plateau balayé par un vent glacé.

Le vent était omniprésent à Terre-Dragon. Violent dans les montagnes qui faisaient le tour du royaume à la manière des remparts d'une citadelle (ou des murailles d'une prison), doux le long du Fleuve métallique où il avait poussé vers l'Aval le radeau de pierre de Rosk-le-Borgne, dans les temps anciens (c'était ce que racontait sa grand-mère). Si le premier des dieux du royaume était le Chevaucheur de Vent, ce n'était pas pour rien !

Soudain, la jeune fille poussa un cri et tomba à genoux, à nouveau prise de vertiges.

– Grand-mère…, balbutia-t-elle, la tête entre les mains.

La vieille femme venait de rendre son dernier soupir. On l'avait tuée. À coups de bâton ou bien livrée aux flammes, quelle importance ! Elle était morte. Sheylis ne comprenait pas comment elle le savait, mais c'était une certitude. Elle le ressentait, au plus profond de son être.

Je suis seule à présent, totalement seule !

Ce constat lui donna envie de crier encore. Elle se retint, à cause des hommes qui la poursuivaient et qui n'étaient peut-être pas très loin.

Quelques vers tirés du *Chant du Fleuve* lui revinrent en mémoire. Elle les bredouilla, parce qu'il lui semblait que c'était ce que sa grand-mère, qui aimait Rosk-le-Borgne, aurait voulu pour la circonstance :

– Ils étaient fous de rage
et ont voulu me tuer.
Les enfants me jetaient des galets
et les femmes me crachaient au visage…

Elle n'eut pas le courage d'en réciter davantage. Elle resta prostrée, longtemps, indifférente au vent, au froid, à la neige qui tombait en flocons mordants.

7

Un pas. Deux pas. Encore un. Et un autre.

Les hurlements des Naatfarirs lui avaient donné des ailes pour quitter son trou de neige, s'élancer vers le col, descendre l'autre versant, longer une interminable barre rocheuse et franchir une nouvelle passe.

Par quel miracle le tigre des montagnes ne l'avait pas attaqué, il ne parvenait pas à l'expliquer. Peut-être préférait-il la chair des chevaux ou bien celle d'hommes plus robustes ? Qu'importe, ce revirement faisait son affaire : il n'avait plus à se soucier de ses poursuivants.

Seulement du froid. Et de la faim. De la fatigue. De la neige qui entravait ses pas. Du ciel, qui était de la même couleur que le sol et où il avait l'impression de se noyer.

Ægir finit par ne plus savoir s'il était mort ou vivant. Il flottait quelque part, entre songe et brume, entre deux réalités.

Ses jambes le lâchèrent définitivement à l'entrée

d'un plateau balayé par les vents. Il s'effondra sur le tapis neigeux.

Il parvint à se retourner sur le dos.

Des flocons épars, surgis du ciel uniformément gris, vinrent fondre sur son visage. L'espace d'un instant, il crut que les étoiles se détachaient du ciel.

Il trouva la force de murmurer une dernière prière. Et c'est à la Reine, à la maîtresse de la montagne, qu'il l'adressa :

– Emmène-moi près de ma famille, s'il te plaît. Je ne suis pas vieux mais j'ai eu assez froid, assez peur, assez faim pour toute une vie… Prends-moi dans tes bras…

Il ne savait pas si la Reine l'entendait. Il ne savait même pas si les dieux, auxquels il s'adressait si souvent, existaient. Il se rappelait seulement que sa mère aimait les prier et que son père jurait fréquemment en leur nom.

Il eut un éblouissement. Un souvenir disparu refit surface.

Sa mère le tenait par la main. Sur la place d'un village se dressaient une grosse pierre polie par les ans, un piquet de fer mangé par la rouille et une souche de bois craquelée. « Le Chevaucheur aime le silence des pierres, lui disait sa mère ; le Flamboyant, le goût du métal ; la Reine, elle, préfère la chaleur du bois. »

Ægir laissa ce rêve s'enfuir et ouvrit les yeux.

Il découvrit alors, au-dessus de lui, le visage d'une jeune fille.

– La Reine…, murmura-t-il. Elle est venue me chercher…

Sheylis eut un mouvement de recul.

Elle avait cru le garçon mort. Mais voilà qu'il ressuscitait et se mettait à délirer ! Elle fouilla dans son sac, en sortit une gourde dont elle approcha le col de sa bouche. Il toussa.

– Bois, ordonna-t-elle. Cette potion réveillerait un mort.

Elle lui colla le goulot entre les lèvres, l'obligeant à faire ce qu'elle demandait.

Je perds un temps précieux, songea-t-elle. À *supposer qu'il revienne à lui, il sera incapable de marcher. Je ne peux pas me permettre de traîner.*

La potion fit rapidement effet. Ægir toussa de plus belle. Aidé par la jeune fille, il se redressa et rassembla sa peau d'ours autour de ses épaules.

– Merci, souffla-t-il faiblement en plongeant son regard dans le sien. Tu n'es pas la Reine des Montagnes.

Sheylis secoua la tête en guise de réponse.

– Je m'en doutais un peu. Je m'appelle Ægir. Ceux qui me pourchassent me surnomment Peau d'Ours.

Il était poursuivi lui aussi ! Elle tressaillit.

– Moi c'est Sheylis, répondit-elle, avant d'hésiter et de continuer : Et moi aussi, on me pourchasse. D'où je viens, on me surnomme Mauvais-Œil.

– Finalement, articula Ægir, je ne m'en tire pas trop mal, avec Peau d'Ours…

Sheylis esquissa un sourire. S'il était capable de plaisanter, il aurait peut-être la force de marcher.

– Il ne faut pas rester là. Tu peux te lever ?

Ægir acquiesça.

– Alors en route, lança-t-elle. Nous ne sommes plus très loin des terres d'Oqam-le-Pêcheur. Il suffit d'emprunter cette gorge, là-bas.

Sheylis désignait une faille dans le plateau qui plongeait abruptement vers la vallée.

Elle aida le garçon à se mettre debout. Il chancela.

– Ça ira, dit-il en redressant la tête. Ton truc, là, ça m'a fait du bien.

Son ventre émit un gargouillis affreux.

– Tiens, fit Sheylis en tirant de son sac un morceau de pain. C'est tout ce qui me reste, mais tu en as plus besoin que moi.

Il la remercia d'un signe de tête avant de se jeter sur le quignon. Il mourait littéralement de faim.

Puis elle se remit en route. Tant bien que mal, Ægir s'accrocha à ses pas.

Je ne pouvais pas le laisser, se répéta Sheylis pour se convaincre. *C'est un fugitif lui aussi*…

8

Sheylis sut, avant même d'apercevoir les silhouettes se détacher à l'autre bout du plateau, que les villageois les rattrapaient.

Tous les deux avançaient avec une lenteur exaspérante. Son compagnon de fuite ne se rendait compte de rien, déployant tous ses efforts pour marcher. *Pas assez vite*, se disait-elle en se mordant les lèvres.

Elle devait l'abandonner sans tarder, sous peine de se retrouver entre les mains de ses poursuivants avant la fin de la journée. Mais elle hésitait. *Que dois-je faire ? Qu'est-ce que les dieux ont voulu me dire en jetant ce garçon sur ma route ? Est-ce une épreuve ? une punition pour avoir abandonné ma grand-mère ?*

L'enseignement de la sorcière avait conforté le tempérament mystique de la jeune fille. Sheylis était tentée de voir des signes partout, des signes qu'elle ne pouvait s'empêcher d'interpréter. Elle détestait l'idée que les choses puissent arriver sans raison, parce que cela aurait signifié l'absurdité de sa propre vie.

Elle observa Ægir. Le garçon avançait le regard

fixe, les mâchoires serrées, les jambes rigides. Il émanait de lui une volonté farouche, presque inhumaine. En même temps, il semblait si fragile. Un coup de vent aurait pu le renverser. Pourtant il avançait.

Si je l'abandonne, il mourra. Si je ne le fais pas, c'est moi qui mourrai.

– Tu ne peux pas aller plus vite ? lui demanda-t-elle en essayant de ne pas laisser transparaître son impatience.

Dans le regard qu'il lui renvoya, elle lut un désespoir si profond qu'elle regretta immédiatement sa question.

– Je fais ce que je peux, répondit-il simplement.

Sa voix tremblait.

– Ça ira, l'encouragea Sheylis. Au bout de la gorge que je t'ai montrée tout à l'heure, il y a sûrement un village. On pourra manger et se reposer autant qu'on voudra !

Mais elle n'y croyait pas le moins du monde.

9

Ils étaient une dizaine.

Déterminés. Le regard dur. Leur paquetage sur le dos et un solide bâton à la main. Ils brûlaient de s'en servir mais le chef du village avait été clair : ils devaient ramener la fille vivante.

Devant eux, deux enfants fuyaient, l'un tenant l'autre par la main.

Ils voulaient seulement la fille. L'autre fuyard ne les intéressait pas.

Ils ne s'étaient jamais aventurés aussi loin de Karar. Le village, les champs, les bois alentour, le bourg où se tenait le marché, et puis c'était tout. Shogh-le-Pieux se méfiait des voyageurs, ces fauteurs de troubles.

Ils n'auraient jamais dû accepter que la sorcière s'installe dans la forêt. Ils ne savaient même pas d'où elle venait, pourquoi elle avait choisi les terres du clan pour y vivre. Mais la sorcière avait soigné la femme du chef de village et l'avait guérie. Elle avait obtenu le droit de rester, elle les avait amadoués en distribuant ses potions.

Et puis elle avait fini par laisser parler sa véritable nature ; elle leur avait envoyé la peste rouge qui avait décimé les troupeaux.

La maudite sorcière avait payé pour cela.

Restait sa descendante. Il fallait l'empêcher de propager ses maléfices, de recommencer ailleurs ses méfaits.

Ce serait chose faite sous peu.

Sans se consulter, ils accélérèrent l'allure.

10

– Écoute-moi attentivement.

Sheylis avait pris sa décision. Elle attrapa Ægir par le bras. Le garçon tressaillit, tout entier appliqué à caler ses pas sur ceux de la jeune fille. Sa peau d'ours flottait sur ses maigres épaules.

– Les hommes qui me cherchent sont juste derrière nous, continua-t-elle.

Il n'y avait pas le moindre signe d'affolement dans sa voix.

– C'est moi qu'ils veulent. Ils te laisseront tranquille.

Ses paroles mirent un certain temps à atteindre la conscience d'Ægir. Il poussa un gémissement de bête blessée.

– Non, ne… ne me laisse pas.

Elle secoua la tête.

– Si je reste avec toi, tu es perdu.

– Si tu t'en vas, je suis perdu aussi.

Sheylis se mordit les lèvres. Le garçon avait raison.

Mais en partant maintenant, elle conservait, elle, une petite chance de se sauver.

Ne m'en veux pas, Ægir. Quoi que les dieux aient voulu pour nous, je n'ai pas réussi à en saisir le sens. En me sauvant, au moins, je respecte le vœu de ma grand-mère.

Dans un élan, elle s'approcha de lui et le serra dans ses bras. Saisie par une intuition, elle en profita pour tracer subrepticement sur la nuque d'Ægir, avec son ongle, le signe d'Urh, un thun-lawz attirant chance et guérison, puis celui d'Elh, pour calmer la douleur.

C'est tout ce que je peux faire pour toi, regretta-t-elle silencieusement.

Rabattant sur sa tête le capuchon de son manteau, Sheylis se détourna et se mit à courir vers la gorge qui allait en s'élargissant, en contrebas. Son sac de cuir lui battait les reins. Ses pieds, protégés par des lanières de peau de mouton, faisaient voler la neige.

Ægir tendit vers elle un bras suppliant qu'elle ne vit pas.

11

– Toi ! Va voir.

Obéissant au bûcheron fort en poing et en gueule qui s'était imposé à la tête du groupe, le villageois s'approcha du corps allongé dans la neige.

Un enfant était emmitouflé dans une peau d'ours, sa cage thoracique agitée de soubresauts. C'était le garçon qui accompagnait la sorcière.

Le villageois affermit sa prise sur son bâton et repoussa la peau de bête. Il découvrit un corps décharné, couvert de traces de coups et marqué par les privations.

Le villageois frissonna. De toute évidence, ce gosse n'avait pas eu la vie facile. Comment s'était-il retrouvé dans la montagne ?

Il hésita. S'il le laissait dans la neige, il mourrait sûrement. Mais pouvaient-ils s'encombrer d'un poids qui les ralentirait dans leur traque ?

Il imagina le regard sévère de sa femme. Il savait très bien ce qu'elle lui aurait dit : que Shogh-le-Pieux n'aurait jamais laissé périr un innocent.

Un passage du *Chant du Fleuve* jaillit dans sa mémoire :

Un enfant était allongé.
Dans ses yeux hagards
dansait
le désespoir…

Mais ni sa femme ni Rosk-le-Borgne n'étaient là avec lui. Par contre, il y avait Arosh le bûcheron, Arosh et sa stature imposante, Arosh et sa voix autoritaire… Et puis tous les autres qui étaient pressés de rentrer à Karar.

– C'est la fille ? s'impatienta Arosh.

– Non, répondit le villageois. Le fuyard qui l'accompagnait.

– Alors en route.

– Il est encore vivant !

– Laisse-le, j'ai dit.

La sentence était tombée comme un couperet. C'était la mort pour l'enfant. Le villageois soupira et contempla une dernière fois le visage du garçon.

Ægir ouvrit brusquement les yeux. De grands yeux sombres. Trop grands. Trop sombres. Des yeux dans lesquels ne dansait nul désespoir. Des yeux qui se plantèrent dans ceux du villageois.

Celui-ci recula en blêmissant.

Le regard d'Ægir brillait, féroce. Un grondement monta de sa gorge.

Le villageois poussa une plainte déchirante.

Ses compagnons, qui se préparaient à venir à son secours, firent un pas en arrière.

– Reculez ! leur cria Arosh, devenu livide.

Il attrapa par le bras deux d'entre eux qui vomissaient et les obligea à prendre du champ. Puis les hurlements se turent. La retraite tourna à la débandade.

« Fuyez ! » fut tout ce que trouva à dire Arosh avant de prendre ses jambes à son cou.

12

Un son de trompe propulsa les Naatfarirs hors de la salle des gardes.

Un homme avançait vers l'enclos en titubant.

– C'est Ishkar ! cria l'un d'eux. Il est à pied !

On n'allait jamais à pied dans la steppe. Les distances étaient trop grandes. Un homme sans cheval était soit un étranger, soit un fou. Ou bien encore un Naatfarir en détresse.

Ils se précipitèrent.

C'était bien leur chef, blessé, le visage défait, les vêtements ensanglantés.

– Un tigre des montagnes, dit simplement Ishkar d'une voix amère aux hommes qui s'empressaient autour de lui. Du côté de la passe d'Utfenrir.

Le regard interrogateur des guerriers poussa le rescapé à continuer.

– Il a tué la moitié des chevaux, les autres courent encore. Shihr et Pandir se sont battus bravement, mais ils ont succombé. J'ai réussi à m'enfuir.

– Le tigre a aussi tué le Dakan ? demanda le

Naatfarir aux cheveux gris qui soignait le bras de son chef, lacéré d'un coup de griffe.

Ishkar secoua la tête.

– Il n'a pas touché au gosse. Il a préféré s'attaquer à nous. Sûrement à cause des chevaux.

Les Naatfarirs se regardèrent mais ne firent aucun commentaire.

– Je vais recoudre tes plaies, annonça le guerrier aux cheveux gris. Ensuite, quelques jours de repos seront nécessaires.

Ishkar secoua la tête.

– Le garçon sera loin !

– Il est peut-être mort dans la montagne. Ton bras…

– Mon bras tiendra, dit Ishkar en coupant court à la discussion. Fais de ton mieux. Je prendrai avec moi deux guerriers, ainsi qu'un Dakan et Chakor-le-Noir. Nous partirons au lever du jour.

Le Naatfarir aux cheveux gris hocha la tête. Ishkar jouait un jeu dangereux. Il avait laissé s'enfuir le jeune Dakan et il avait échoué une première fois à le ramener. Sa position au Conseil était d'ores et déjà menacée. Mais il garda ses réflexions pour lui. Après tout, si leur chef ne prouvait pas qu'il était digne d'occuper son rang, il serait remplacé et les Naatfarirs resteraient ce qu'ils étaient depuis toujours : un peuple craint et respecté.

13

Ægir faisait un drôle de rêve.

Il était mort, du moins cela y ressemblait. Il était sorti de son propre corps et se contemplait, dans la neige, si vaporeux qu'un souffle de vent aurait pu le réduire en poussière. Surtout, il ne ressentait aucune douleur et il n'avait ni faim ni froid.

Et puis il vit, à côté de son corps étendu, un grand ours des forêts, immobile et gigantesque. Ægir se sentit irrésistiblement attiré.

Sa nouvelle apparence, fantomatique, s'approcha de l'ours.

L'ours se tourna vers lui à une vitesse prodigieuse. Ses petits yeux insondables s'éclairèrent d'une lueur bienveillante. Alors Ægir fit une chose incroyable : il se glissa à l'intérieur de l'animal.

Il fut aussitôt envahi par un sentiment enivrant. C'était comme si l'ours lui offrait la force de ses muscles, l'acuité de ses sens, la chaleur de sa fourrure !

Ægir voulut danser. Mais il ne parvint pas à communiquer son allégresse à l'ours, qui préféra s'ébrouer.

Le garçon comprit qu'il pouvait profiter de cette formidable énergie mais qu'il devait renoncer à la contrôler.

L'animal garderait toujours son libre arbitre.

Grisé par une sensation de toute-puissance, soulagé par la disparition de toute souffrance, Ægir accepta le pacte sans regret, dans un hurlement de joie…

– Oh ! Réveille-toi, l'ami, tu es en train de faire un mauvais rêve.

Ægir sentit qu'on le secouait. Il ouvrit péniblement les yeux.

Il était enroulé dans sa peau d'ours, mais la neige avait disparu, remplacée par un sous-bois épais, des arbres massifs et un rocher au pied duquel flambait un feu. Le tapis d'aiguilles de pin, sous son dos, formait un matelas moelleux.

Il se dit qu'il dormait toujours, qu'il avait simplement basculé dans un autre rêve. Mais l'odeur du pin-résine en train de brûler le ramena à la réalité.

– Où… où suis-je ? demanda-t-il péniblement, la gorge sèche.

– Quelque part sur les terres de Shogh-le-Pieux, lui répondit son sauveur en lui tendant un bol fumant.

Ægir accepta le bouillon avec reconnaissance et but à petites gorgées. Le liquide, quoique brûlant, apaisa sa soif. Il profita du silence pour détailler son compagnon.

C'était un garçon plus âgé que lui. De grande

taille, le cheveu blond comme beaucoup de gens du royaume, l'œil clair qui, en se perdant naturellement dans les flammes, annonçait un tempérament rêveur. Ses vêtements, de toile et de cuir, étaient neufs.

Ægir aperçut contre le rocher un sac de voyage bien plein, ainsi que le manche d'un instrument de musique. Le garçon dégageait une assurance et une bonne humeur qui lui plurent tout de suite.

– C'est toi qui m'as trouvé dans les montagnes ?

Son hôte fronça les sourcils.

– Les montagnes ? Non, je t'ai trouvé dans la forêt. Tu étais dans un sale état. J'ai aussitôt cherché un endroit pour le bivouac. Ensuite, je t'ai transporté près du feu. Ce n'était pas difficile, tu ne pèses rien !

Ægir se rappelait s'être évanoui, dès que Sheylis était partie. Mais comment était-il arrivé jusqu'ici ?

– J'étais seul, tu es sûr ? insista-t-il. Il n'y avait pas une fille avec moi ?

– Une fille ? Non, je m'en souviendrais ! ajouta-t-il en lui faisant un clin d'œil.

J'espère qu'elle a réussi à échapper à ses poursuivants, se dit Ægir.

– Dans les montagnes ? s'exclama soudain le jeune homme comme s'il réalisait enfin ce qu'il venait d'entendre. Et tu ne te souviens de rien ? Sang de Borgne ! Je tiens là une histoire ! Quand je l'aurai mise en musique, on se bousculera dans le royaume pour l'écouter !

Ægir, malgré sa fatigue, fut surpris par l'enthousiasme de son sauveur.

– Tu es… un scalde ? demanda-t-il.

Même dans son enclos, il avait entendu parler des ménestrels qui parcouraient Terre-Dragon, faisant sonner leur instrument sur des passages du *Chant du Fleuve* et colportant nouvelles et rumeurs. Il arrivait même que certains se perdent chez les Naatfarirs. Chose rarissime, ils y étaient bien traités. Peut-être parce que les scaldes étaient sous la protection du Chevaucheur et que les Naatfarirs respectaient les dieux ?

– Un scalde ? Non, pas encore, avoua candidement le jeune homme. Mais c'est effectivement ma destinée. Retiens mon nom : Doom. Un jour, il sera aussi célèbre que celui de Rosk-le-Borgne.

– Eh bien, Doom-le-Scalde, grimaça Ægir en s'allongeant de nouveau dans sa peau d'ours, en attendant, je te remercie de m'avoir porté secours.

– Doom-le-Scalde, réfléchit le jeune homme à voix haute. Oui, ça sonne bien. Et toi, l'ami, tu as un nom ?

– Ægir, répondit le garçon avant d'être emporté par le sommeil. Ægir-Peau-d'Ours.

Ægir fut tiré de son sommeil par des grincements affreux.

Le cœur battant, il se redressa précipitamment, réveillant en même temps d'innombrables douleurs. Il avait l'impression d'avoir été roué de coups.

Le jour s'était levé et le feu flambait joyeusement. Des galettes cuisaient sur une pierre et répandaient une odeur délicieuse. Assis à côté, Doom avait empoigné un luth dont il martyrisait les cordes.

– Je tiens ma mélodie, annonça-t-il joyeusement à Ægir, qui se retint de justesse pour ne pas se boucher les oreilles.

Fort heureusement, son estomac fit entendre des gargouillis misérables. Doom posa le luth contre une pierre.

– Tu dois avoir faim, dit-il en saisissant une galette chaude et en la jetant à Ægir. Tu n'as avalé qu'un bol de bouillon hier soir, ça ne nourrit pas son homme !

Ægir ne répondit pas, trop occupé à dévorer le pain de céréales fondant et à se brûler la langue. Doom rit et lui lança une outre remplie d'eau fraîche.

– J'ai hérité d'un compagnon de voyage qui va mettre à mal mes réserves de nourriture !

Ægir rougit.

– Je suis désolé… Je suis vraiment affamé. Là d'où je viens…

Le regard de Doom se mit à briller.

– Non, laisse tomber, se ravisa Ægir.

– Comment ! s'exclama Doom. J'ai besoin de ton récit pour écrire ma ballade !

– Compose quelque chose avec ta propre vie, dit Ægir. Avec la mienne, tu ne parviendras qu'à faire pleurer les gens.

– Et avec la mienne à les faire bâiller, soupira Doom.

J'ai quitté mon village il y a une semaine seulement. Jusque-là, j'aidais mon père dans ses affaires.

Le jeune homme s'animait au fur et à mesure qu'il parlait. Ægir comprit qu'il ne s'arrêterait pas avant d'avoir terminé son récit.

– Au fond de moi, continua Doom, je savais que j'étais promis à une autre vie, pleine d'aventures et de rencontres. Quand j'ai parlé à mes parents de mon désir de devenir scalde, ils m'ont battu et enfermé dans ma chambre. Sang de Borgne ! J'ai quand même quatorze ans depuis cet été ! Sur les terres de Dird-le-Chenu, c'est l'âge de raison. D'ailleurs, Dird lui-même était scalde ! Il aurait approuvé ma décision. J'ai compris que mon père ne me laisserait jamais partir, qu'il comptait sur moi pour reprendre la boutique familiale. J'ai hésité un jour et une nuit. Et puis j'ai fait mes bagages et je me suis enfui par la fenêtre. Comme tu vois, pas de quoi faire un poème !

Ægir prit un air songeur. *Un fugitif*. Comme lui. Comme Sheylis aussi.

La vision de la jeune fille s'imposa aussitôt à lui, avec une incroyable netteté.

Mais Doom leva un sourcil interrogateur, l'invitant à parler à son tour. Ægir chassa la jeune fille de son esprit et chercha par quoi commencer. Il ne s'était encore jamais confié à quelqu'un. Lorsqu'il se lança, découvrant pour la première fois les vertus de la confidence, il fut étonné d'éprouver un vif soulagement.

En face de lui, Doom, bouche bée, buvait ses paroles.

Lorsqu'il se tut, le silence s'éternisa. Doom parce qu'il essayait d'imaginer à quoi pouvait ressembler une vie dans une cage au fond des steppes, Ægir parce qu'il se demandait, comme le font tous ceux qui s'épanchent, s'il n'en avait pas trop dit. Il regrettait de ne pas avoir été plus discret sur certains passages, comme la fois où Ishkar lui avait vidé un seau d'excréments sur la tête…

– Sang de Borgne ! s'exclama Doom en tapant du poing sur le sol. Ce n'est pas une chanson que je vais faire, c'est une épopée qui reléguera le voyage de ce vieux Rosk au rang d'historiette !

Ægir avait achevé son récit en évoquant Sheylis et l'aide qu'elle lui avait apportée. Répondant à une irrésistible impulsion, il se leva et ajusta la peau d'ours sur ses épaules.

– Tu t'en vas ? s'étonna Doom en le voyant s'équiper.

– Je dois retrouver Sheylis, la fille de la montagne, répondit-il. Elle m'a aidé. Et elle est en danger.

– J'imaginais que tu aurais plutôt envie de te venger de ceux qui t'ont enfermé pendant des années dans une cage…

– Me venger des Naatfarirs ? grimaça Ægir. Et comment ? Ce sont des tueurs et, tu l'as dit toi-même, je tiens à peine debout. Non, la seule chose intelligente à faire, c'est au contraire de m'en éloigner le plus possible. Et puis cette fille… Je suis tout seul, il ne me reste personne d'autre.

Doom bomba aussitôt le torse.

– Tu n'es pas seul, dit-il sur un ton solennel. Je suis là désormais. Je t'aiderai à retrouver ton amie et ce sera un épisode supplémentaire des *Aventures d'Ægir-Peau-d'Ours*.

– Les *Aventures d'Ægir-Peau-d'Ours* ?

– Oui, c'est le titre que j'ai trouvé pour mon chant ! Pas mal, n'est-ce pas ?

Ægir faillit dire quelque chose puis se retint. Il devait l'avouer, la proposition de Doom (de l'accompagner, pas celle de le transformer en héros de poème) le touchait énormément.

Dans son état de grande faiblesse, un compagnon de route était ce qu'il pouvait souhaiter de mieux.

Doom rassembla ses affaires.

– Tu te sens capable de marcher ?

Ægir fit oui la tête.

– C'est toi qui donnes le rythme, continua Doom. Tu sais où aller ?

– Non. Enfin si, vers le Fleuve. Sheylis voulait atteindre les terres d'Oqam-le-Pêcheur. Avec un peu de chance, des gens l'auront vue passer.

– Bonne idée ! Je suggère que nous dirigions nos pas vers la ville d'Ayhun. Elle se trouve au bord du Fleuve, à la jonction des principaux chemins de la région. J'ai emporté avec moi une carte du royaume, je te montrerai ! Et puis (il fit sauter une bourse dans sa main) j'ai récupéré quelques pièces avant de partir, dit-il en agitant sa bourse ; on pourra se payer un bon repas dans une auberge !

– Tu as volé de l'argent à tes parents ? s'étonna Ægir.

– Emprunté, se défendit Doom, une avance sur mon héritage. Allez, en route ! L'aventure nous attend !

Et combien de dangers ? songea Ægir en lui emboîtant le pas.

14

Le tigre des montagnes renifla le premier cadavre.

Il n'avait pas faim mais l'odeur du sang l'avait attiré.

Il s'était repu des proies débusquées près du col et traînées jusqu'à la grotte où se trouvait son repaire. Les chevaux qui s'étaient échappés, il avait renoncé à les poursuivre. Quant à l'homme qui s'était défendu avec acharnement, il l'avait laissé s'enfuir. Il disposait de toute façon de bien assez de viande.

D'ailleurs, son festin achevé, il avait dormi longtemps, le ventre plein.

À son réveil, il avait déambulé sur son territoire, maître impitoyable d'un univers de glace et de neige qui ne fondaient jamais, arpentant les crêtes dentelées et acérées comme la lame d'une épée ébréchée.

Dans un tourbillon d'air gelé, il avait senti l'odeur caractéristique de la mort. Il avait remonté la piste, museau au vent, jusqu'au plateau et aux hommes raidis par le grand froid.

Le fauve promena son mufle sur un visage

déchiqueté. L'effluve de l'ours que poursuivaient les humains lui chatouilla l'odorat.

Il s'approcha des neuf autres cadavres jonchant la piste. Pas de doute, c'était le grand ours qui les avait tués.

Il feula son mécontentement. Il ne craignait rien ni personne. Il était le roi incontesté des hauteurs. Est-ce que l'ours se posait en rival ?

Il se calma aussitôt en constatant que le géant solitaire s'était engagé au milieu du pierrier et des arbustes, en direction de la vallée.

L'ours était sage. Il ne cherchait pas à rompre l'entente millénaire. Chassé de son territoire par les humains, il n'aspirait qu'à retourner chez lui.

Le tigre gronda doucement, et ce grondement exprimait de l'estime pour son frère des forêts.

15

Les deux garçons ne marchèrent pas longtemps, se contentant de descendre à la rencontre du Fleuve.

Comme Doom l'avait deviné, Ægir succomba rapidement à la fatigue. Ils établirent leur campement à une lieue d'Ayhun.

Tandis que le futur scalde s'activait près du feu, l'ancien captif se reposait, appuyé contre un chêne-houx.

– Je crois que j'ai présumé de mes forces, dit Ægir d'un air contrit.

– Pour quelqu'un qui était mourant hier, je trouve que tu t'en sors plutôt bien, répondit Doom en touillant dans le pot les fèves qu'il avait mises à cuire et qui étaient la base de la nourriture dans le royaume.

– Tu as raison, je m'en sors bien. Seulement j'ai beau y réfléchir, je ne comprends toujours pas comment je suis arrivé dans cette forêt.

– Ceux qui poursuivaient ton amie ont eu pitié de toi. Ils t'ont ramassé dans la neige et laissé au bord du chemin, en se disant que quelqu'un finirait par te trouver.

– Mais pourquoi m'avoir sauvé en haut pour m'abandonner en bas ?

– Ils étaient pressés, ils ne voulaient pas attirer l'attention en transportant un blessé, qu'est-ce que j'en sais ? L'essentiel, mon vieux, c'est que tu sois vivant.

– Ton explication tient la route, reconnut Ægir. Et oui, je suis vivant, bien vivant.

Doom enleva le brouet des flammes et le posa devant son ami. Il sortit d'une poche une cuillère en bois noircie par l'usage, l'agita devant le garçon et, par un tour de passe-passe, exhiba triomphalement une deuxième cuillère, flambant neuve.

– Pour toi, Peau d'Ours ! Je l'ai taillée aujourd'hui, en marchant.

Il lui tendit l'ustensile, s'assit à ses côtés puis commença à manger, vite imité par Ægir.

– Merci, dit celui-ci. C'est la première fois qu'on me fait un cadeau.

– C'est normal, répondit Doom, plus ému qu'il ne voulait le laisser paraître. On est comme des frères maintenant, pas vrai ?

Ægir opina vigoureusement du chef.

– Comme des frères, Doom-le-Scalde. Comme des frères.

Il se retint pour ne pas pleurer.

16

Sheylis arpentait les rues, indécise.

Son plan, très simple et élaboré dans l'urgence, avait fonctionné : elle avait laissé les terres de Shogh-le-Pieux (et ses problèmes par la même occasion) de l'autre côté du Fleuve.

La ville d'Ayhun, principal port de l'Amont, se trouvait pour moitié sous la juridiction d'Oqam-le-Pêcheur. Elle avait franchi le pont qui séparait les deux parties de la ville et était donc désormais à l'abri de la vindicte des gens de Karar.

C'était la deuxième loi du royaume : la justice, la philosophie et les usages des clans et tribus s'exerçaient sur leur territoire, pleinement mais exclusivement.

Cependant, cela ne voulait pas dire que Sheylis était hors d'atteinte, surtout si près du Fleuve. Car la première loi du royaume disait que nul ne devait entraver la libre circulation sur le Fleuve, les ponts qui l'enjambaient et les routes qui le bordaient. Le royaume était un puzzle, un assemblage hétéroclite de peuples et d'hommes. Le Fleuve métallique les reliait tous ; c'était la colonne vertébrale de Terre-Dragon.

La troisième (et dernière) loi générale renforçait les deux premières : quiconque menaçait l'intégrité des tribus, des clans ou du Fleuve attirait sur lui la colère du Roi-Dragon.

Les villageois à sa poursuite pouvaient parfaitement lui tomber dessus. Mais la justice qui avait cours chez Oqam-le-Pêcheur, réputé pour ne pas goûter la violence, protégerait Sheylis de tout débordement.

Ne sachant quoi faire de sa liberté toute neuve, elle avait consacré la journée à découvrir Ayhun. Si elle avait déjà vu l'étonnant Fleuve métallique, c'était la première fois qu'elle mettait les pieds dans une ville.

Les maisons en pierre et en bois qui s'élevaient en deux ou trois étages, les rues si étroites parfois qu'on voyait à peine le ciel, obligeant les torchères à rester allumées en permanence, les enseignes peintes de couleurs vives, les façades sculptées représentant des scènes tirées du *Chant du Fleuve*, l'opulence des habitants et la richesse de leurs vêtements : tout avait été source d'étonnement ou de ravissement.

Le hasard de ses déambulations l'avait finalement conduite dans un quartier excentré, à la recherche d'une auberge bon marché où passer la nuit.

Sheylis eut soudain l'impression qu'un homme la suivait.

Elle se retourna mais ne vit personne. S'était-elle

trompée ? Pour se faire plus discrète, elle rabattit la capuche de son manteau de laine noire sur sa tête. Elle était trop nerveuse. Trop fatiguée, aussi. Depuis qu'elle avait laissé le garçon dans les montagnes, elle avait fui sans s'accorder une pause.

La vision d'Ægir grelottant dans la neige s'imposa à son esprit. Avait-il survécu ? C'était peu probable. Elle eut un pincement au cœur. Elle n'avait pas eu le choix, elle avait pris la meilleure décision.

En suis-je si sûre ? se surprit-elle à penser.

Le remords l'envahissait peu à peu. N'aurait-elle pas dû faire face à ses poursuivants, essayer d'argumenter, de les fléchir ? De leur faire peur ? Bref, de sauver le garçon en même temps qu'elle.

Un nouveau bruit de pas la tira de ses réflexions et l'incita à presser l'allure. Elle s'était trop éloignée de la foule. La rue était sombre et déserte. C'était une erreur. Elle devait revenir vers le port, vers sa joyeuse animation, ses marchands, sa milice locale !

Surgissant d'une ruelle, cinq hommes lui barrèrent le chemin. Le cœur de Sheylis fit un bond dans sa poitrine.

– Tu t'es perdue, petite ?

Celui qui lui avait adressé la parole portait d'amples vêtements rouges. Il avait la barbe soigneusement taillée, et ses cheveux étaient maintenus par un chignon sur l'occiput. Il arborait en pendentif un crâne en métal brillant ; le même crâne était enchâssé dans le pommeau d'une lourde canne ferrée.

Un prêtre du Crâne ! s'exclama silencieusement la jeune fille.

Elle en avait croisé un, à Karar, par hasard. Sa grand-mère, à qui elle avait rapporté sa rencontre, avait craché par terre et lui avait conseillé de les éviter soigneusement.

La religion du Crâne, sinistre et mystérieuse, s'était implantée quelques décennies plus tôt dans le royaume, venue on ne savait d'où. Sheylis aurait été incapable de dire en quoi elle consistait, ni quelles étaient ses fins. Elle inspirait davantage de crainte que d'attirance. Les gens du royaume préféraient leurs vieilles croyances et les anciens dieux que chacun était libre d'invoquer ou de prier sans le secours de prêtres.

En fait, les Enfants du Crâne – ils s'appelaient ainsi entre eux – bénéficiaient presque exclusivement du soutien des Kaafris, un peuple de mystiques peu ouverts sur l'extérieur, établis entre les marais de Mingoras et la capitale, Kesh-la-Grande.

Les hommes qui accompagnaient le prêtre étaient d'ailleurs des Kaafris, reconnaissables à leur cape brodée de motifs complexes et aux deux javelots, armes d'estoc et de jet, qu'ils maniaient avec une adresse redoutable.

Elle recula et une poigne vigoureuse l'attrapa par le bras. Elle poussa un cri.

– Assurément, elle s'est perdue, Sahr'sâ, mon frère, fit une voix goguenarde.

Un second prêtre barrait toute retraite. Sheylis était furieuse de s'être laissé surprendre.

– Qu'est ce que vous voulez ? demanda-t-elle en se forçant à regarder le dénommé Sahr'sâ droit dans les yeux. Ce sont les villageois qui vous ont payés ?

– Les villageois ? répondit le prêtre en fronçant les sourcils. Quels villageois ?

Elle se débattit, en vain.

– Lahg'sâ mon frère, mets-la dans le chariot avec l'autre, commanda le prêtre. Deux pour le prix d'une, on peut dire qu'on a de la chance ! Il est grand temps de repartir, elle n'est peut-être pas venue seule en ville.

17

Ægir ouvrait des yeux ronds.

Tout était motif de surprise depuis qu'ils étaient entrés dans la ville d'Ayhun : les rues, les maisons hautes et étroites, les rigoles où une eau noire charriait divers détritus, le brouhaha dans les auberges, le vacarme des forges, les cris des vendeurs vantant leurs marchandises, la foule de badauds et de chalands qui se pressaient devant les boutiques. Doom s'amusait de l'étonnement de son compagnon et jouait au contraire les blasés, même s'il observait la ville avec avidité.

En dépit de sa curiosité, Ægir ne parvenait pas à réprimer un puissant sentiment de panique. Il n'avait jamais côtoyé autant de monde.

Il se serra davantage contre Doom.

– Sacrée ville, hein ? lui dit le jeune scalde. C'est le principal port de l'Amont. Elle draine quantité de marchands, de vendeurs de bétail ou de céréales. Mon père m'y a emmené une fois quand j'étais gamin. Elle m'a laissé un souvenir indélébile.

– Tu voulais revenir ici à cause de ce souvenir ?

Doom secoua la tête.

– C'est à Ayhun que commence le voyage de Rosk-le-Borgne. C'est à Ayhun que devait commencer le mien !

Il entraîna Ægir dans une ruelle en pente.

– Je parie que tu meurs d'envie de voir le Fleuve !

Ils se mirent à courir joyeusement, Ægir à la traîne, encore fatigué par ses épreuves et par le trajet dans la forêt.

Ils débouchèrent sur les quais.

Contrairement aux rues en terre battue, le sol était recouvert de pavés gris sur lesquels les étals des marchands débordaient largement. Les gens semblaient très affairés. Mais les deux garçons ne s'attardèrent pas pour les observer. Ils étaient irrésistiblement attirés par le large pont en pierre qui reliait les deux rives et les deux parties de la ville.

Parvenus au milieu, ils se penchèrent au-dessus du parapet.

En contrebas coulait le Fleuve métallique qui traversait le royaume d'un bout à l'autre. Ægir s'exclama de surprise :

– L'eau est brillante ! On dirait du métal poli !

– Ce n'est pas vraiment de l'eau, expliqua Doom. Pas du métal non plus. Ce n'est ni chaud ni froid. On peut s'y baigner mais pas y boire, on y trouve des poissons mais pas de mammifères. Le bois est trop léger pour y être utilisé. Il ne s'enfonce pas et dérape à la surface, comme sur un étang gelé : je ne sais pas si tu as remarqué, mais tous les bateaux sont en pierre. Tu te rappelles ce passage ? la première fois que Rosk-le-Borgne voit le Fleuve ?

Doom ferma les yeux, cherchant l'inspiration :

– Je suis descendu près du Fleuve métallique
qui rampait comme un serpent au pied d'autels fantastiques.
Sur le rivage
m'attendait un radeau échoué
un radeau de pierre qui ruisselait
sous l'orage.
Avec un mât sans voile
pointé vers les étoiles...

– C'est incroyable.

Doom ne sut dire si son ami parlait de sa récitation, mais il décida de le prendre comme tel et afficha un sourire heureux.

Ægir, comme Rosk avant lui, voyait le Fleuve pour la première fois. Remontant des profondeurs, un autre souvenir se fraya un chemin jusqu'à sa conscience. Il se trouvait en compagnie de son père, au bord d'un cours d'eau ordinaire, et son père lui disait : « De la même manière que toutes les rivières, blanches ou noires, se jettent dans le Fleuve sans altérer sa robe de métal, les habitants du royaume, clans ou tribus, se retrouvent unis dans la splendeur du Roi-Dragon. »

Lui, il écoutait, tout en faisant des ricochets avec de petits galets…

– Tu viens ? dit Doom en le tirant de sa rêverie. L'heure du repas approche et les meilleures auberges sont de l'autre côté, sur la rive d'Oqam-le-Pêcheur. (Il contempla Ægir d'un air soucieux.) On s'arrêtera en chemin dans une boutique de vêtements. Ça ne m'a pas choqué tant qu'on était dans la forêt, mais là, avec ta peau d'ours et ton pagne déchiré, tu n'es vraiment pas présentable…

18

Sheylis s'agrippa aux barreaux et les secoua de toutes ses forces.

– C'est inutile. Ils sont solides.

La fille qui lui avait adressé la parole était à peine plus jeune qu'elle. Les cheveux sombres, coupés court, et des yeux verts, comme les siens. Elles auraient pu être sœurs.

À peine Sheylis avait-elle été jetée à l'intérieur que le chariot, transformé en prison, s'était ébranlé. Il cahotait à présent sur les pavés irréguliers.

Sheylis s'assit, le dos contre la paroi de planches épaisses.

– Pourquoi nous ont-ils capturées ? Où nous emmènent-ils ?

– On se dirige vers les terres des tribus kaafris, répondit la jeune fille. Ce sont les alliés du Crâne.

Elle se rapprocha de Sheylis. La crainte se lisait dans ses yeux.

– On raconte beaucoup de choses sur la secte du Crâne. Elle pratiquerait des sacrifices de vierges…

Un frisson s'empara de Sheylis. Elle n'avait quand même pas échappé à des villageois sanguinaires pour tomber entre les mains d'une bande de fanatiques ! Ses poings se serrèrent de colère. Puis elle remarqua qu'elle avait toujours ses affaires.

– Ils ne m'ont pas pris mon sac, constata-t-elle.

– Quelle importance ? Nous sommes entièrement à leur merci, répondit la jeune fille d'un ton accablé.

Sheylis réagit aussitôt.

– Il faut garder espoir ! Nous ne sommes pas encore arrivées à destination. D'ici là, beaucoup de choses peuvent se passer.

La fille hocha la tête, sans grande conviction.

– En tout cas, je suis contente de ne plus être seule dans cet horrible chariot. Je m'appelle Naabin.

– Moi, Sheylis. Je viens des terres de Shogh-le-Pieux…

Et je me demande si je n'aurais pas mieux fait d'y rester, songea-t-elle malgré elle.

19

Doom et Ægir s'étaient installés sur la terrasse d'un établissement renommé pour sa cuisine et peu regardant sur la clientèle tant qu'elle payait ses repas.

Le jeune scalde avait immédiatement rassuré le patron en faisant tinter sa bourse.

L'auberge donnait sur une place, proche du Fleuve, en contrebas. Les rues étaient animées et la mode y était fort différente de celle des rudes terres de l'Est. On eût dit que chacun voulait se distinguer par une profusion de couleurs et des chapeaux plus excentriques les uns que les autres.

En attendant les plats qu'ils avaient commandés (des chaussons fourrés au fromage, un plat de pommes-raves rissolées et du ragoût de sanglier), ils se penchèrent sur la carte du royaume que Doom avait étalée sur la table.

– Je n'imaginais pas Terre-Dragon comme ça, avoua Ægir, qui ne savait s'il devait se sentir déçu ou non.

– Le royaume ressemble à un croissant de lune boursouflé. Il est orienté nord-est sud-ouest, coupé en deux sur toute sa longueur par le Fleuve métallique, et bordé par des montagnes infranchissables, commenta Doom en suivant les contours de la carte avec son doigt sur le parchemin. À une extrémité, le territoire des Naatfarirs. À l'autre, le gouffre d'Arahdu, où disparaît le Fleuve. Avant lui, la capitale, Kesh-la-Grande, et, encore avant, les terres kaafris. Au centre, rive droite, le mont sacré de Kashkar et le plateau de Déosaï. En remontant vers le nord-est, on trouve le territoire baadalis, les clans de Dird-le-Chenu et de Shogh-le-Pieux. Rive gauche, ce sont les marais de Mingoras, les étangs de Gansh et enfin le clan d'Oqam-le-Pêcheur.

– Mais le royaume est tout petit !

– C'est une carte, on ne se rend pas bien compte. Regarde, Ayhun est là et je t'ai trouvé… ici.

Ægir médita un moment l'information.

– D'accord. Pas si petit, en fin de compte.

Ils roulèrent la carte pour faire de la place à l'aubergiste qui leur apportait deux chopes d'une bière mousseuse et légère.

Ils trinquèrent.

Sous leurs yeux, quantité de chalands déambulaient et ils se laissèrent distraire par leur manège. La panique qu'Ægir avait éprouvée au contact de la foule s'était évanouie.

– Je ne regrette pas mon argent, déclara Doom en détournant la conversation sur les vêtements neufs de son compagnon.

– Ils me vont bien, c'est vrai ? Je n'ai pas l'air ridicule ?

– Pas du tout. Bon, la peau d'ours est un peu singulière, mais en définitive ça te donne un genre.

Malgré les suppliques de Doom dans la boutique du tailleur, Ægir avait refusé de se séparer de sa fourrure. Il la portait à présent comme une cape, pardessus le pantalon de cuir et la chemise de toile épaisse dans laquelle il flottait. Il avait troqué les bandes de tissu qui protégeaient ses pieds contre des chaussures modestes mais confortables.

– Je te remercie, Doom, pour tout ça ; les vêtements, le repas…

Le garçon balaya la gêne de son ami d'un geste de la main.

– Ce qui est à moi est à toi, Ægir.

Puis le serveur apporta ce qu'ils avaient commandé.

Les deux compagnons se ruèrent sur les plats de résistance, de même que sur le bouillon et la verdure qui les accompagnaient.

– Ch'est… délichieux…, lâcha Ægir tout en mâchant.

– Ma cuisine n'a pas eu droit aux mêmes commentaires, dit Doom.

– J'en ai fait ! Mais tu étais trop occupé à massacr… à jouer de ton luth.

– Je préfère ne rien avoir entendu.

Pour la première fois de sa courte vie, Ægir se sentait heureux. Habillé de vêtements chauds, le ventre plein, en compagnie d'un ami. Que pouvait-il demander de plus ? Jamais, même dans ses rêves les plus fous, il n'avait imaginé avoir tout ça à la fois.

Un brouhaha grandissant, à l'angle de la place, interrompit la béatitude d'Ægir et lui fit lever les yeux de son assiette.

– C'est un mendiant, au coin de la rue, dit Doom en fronçant les sourcils. Ça sent la vilaine embrouille.

Un vieil homme, appuyé sur un bâton noueux, tempêtait contre quatre gaillards à l'air patibulaire. Les curieux, de plus en plus nombreux, approchaient comme au spectacle.

Ægir comprit que les hommes qui riaient bruyamment du vieillard et de ses gestes désordonnés avaient dérobé le contenu de sa sébile. La révolte lui poignit le cœur. Pourquoi faut-il que les forts s'en prennent toujours aux faibles ? S'il pouvait, un jour, être du côté des forts, ce serait pour défendre les faibles. C'était la seule légitimité des forts.

– Personne ne va intervenir ? demanda Ægir en repoussant son assiette.

– Les habitants d'Ayhun ont la réputation d'être de braves gens, mais peu courageux, répondit Doom. Les brigands ne sont pas d'ici. Vu leur allure, je pencherais pour des Baadalis.

Ægir n'entendit pas les explications de son ami. Ses pensées s'étaient envolées encore une fois auprès de Sheylis. Sans le connaître, elle lui était venue en aide sur le plateau. Tout comme Doom dans la forêt. À présent, c'était à son tour de faire quelque chose pour ce malheureux mendiant.

Il posa les poings sur la table et se leva brusquement, sous les yeux stupéfaits de son ami.

– Mais… Tu vas où ?

– On ne peut pas laisser ces brutes martyriser un vieil homme, dit Ægir d'une voix vibrante de colère.

– Ne fais pas l'imbécile. Ils sont quatre, quatre gars bien costauds, et tu es un gamin, épais comme un lièvre à la fin de l'hiver… Eh ! Sang de Borgne ! Quelle tête de mule ! Attends-moi !

Doom récupéra leurs affaires, jeta quelques pièces sur la table et s'empressa de rejoindre son ami qui se frayait déjà un chemin sur la place.

– Bande de voleurs ! glapissait le mendiant en faisant des moulinets avec son bâton. Rendez-moi mon argent !

– Calme-toi, grand-père, répondit le chef de la bande. Avec ta sale gueule, tu auras regagné le double d'ici ce soir.

– Voleurs !

– Si tu ne te tais pas, l'ancêtre, tu vas ramasser une sévère dérouillée, foi de Grimash-le-Tordu…

– Laissez-le tranquille !

La voix d'Ægir s'était élevée parmi la foule, aiguë mais décidée. Il bouscula le cercle de badauds, puis, talonné par Doom, s'interposa entre le vieux mendiant et ses tourmenteurs. Là, bras croisés, il défia Grimash du regard.

– Qui tu es, toi ? lança l'homme, l'instant de surprise passé.

– Une crevette qui va se faire bouffer ! gloussa un comparse.

– Un insecte qui va terminer sous la semelle du Tordu ! dit un deuxième en rigolant.

Indifférent aux sarcasmes, Ægir répondit :

– Tu te crois fort en t'en prenant à un vieillard ? Espèce de lâche ! Et vous aussi, oui, vous tous qui regardez la scène sans intervenir ! Vous êtes des lâches !

Un murmure hostile s'éleva de la place.

– Tout ceci est un regrettable malentendu, intervint Doom en repoussant Ægir derrière lui. Il faut pardonner l'enthousiasme excessif de mon compagnon. Si vous saviez quelle fut sa vie, vous pardonneriez son intempestive bravoure. Car figurez-vous que, alors qu'il n'était qu'un jeune garçon, il fut arraché à…

– On s'en balance de ton baratin, blondinet. Dégage !

Grimash-le-Tordu frappa Doom d'un puissant revers de main. Le garçon s'effondra par terre.

– Doom ! hurla Ægir en se précipitant vers lui.

La poigne épaisse de Grimash le saisit par le col et interrompit son élan.

– À nous deux, mon lapin, grogna l'homme en dégainant un couteau à dépecer.

– Après un vieillard, un enfant ! s'exclama le mendiant. Tu n'as donc aucun honneur ?

– Je m'occuperai de toi juste après, vieux débris, promit le Baadalis avec un sourire terrible. Et comme je te le disais…

Un grondement l'interrompit dans sa réplique.

Un grondement animal.

Un grondement qui montait de la peau d'ours qu'il tenait dans sa main…

– Mais qu'est-ce que c'est que ça ? s'écria Grimash-le-Tordu en lâchant Ægir et en reculant d'un pas.

Des cris se firent entendre dans la foule, qui reflua. Sous les yeux des habitants d'Ayhun, effarés, le garçon malingre qui avait pris la défense du vieux mendiant grandissait à vue d'œil, au milieu d'horribles craquements d'os, de la plainte de chairs torturées et de grognements inhumains.

Doom, les yeux écarquillés, recula lui aussi, en rampant.

– Un Dakan ! hurla quelqu'un. Et il n'a pas de collier !

Le repli prudent de la populace se transforma en mouvement de panique.

À la place d'Ægir, dominant Grimash d'une tête, un être monstrueux dardait sur les quatre Baadalis un regard terrible. La gueule écumante, découvrant une rangée de dents formidables, il poussa un grondement qui fit trembler les murs.

– Pitié ! gémit le chef des brigands en se jetant à plat ventre sur le sol, aussitôt imité par ses hommes. Pitié, puissant Dakan !

L'être hybride, dressé sur ses longues pattes arrière tout en muscles, huma l'air saturé de peur. Des gouttes de bave tombèrent à terre où elles s'évaporèrent en grésillant, faisant sursauter les Baadalis.

Une main se posa sur son avant-bras démesuré, couvert de poils. La main décharnée du mendiant. La fureur du Dakan sembla s'apaiser.

– Ils ont compris, je crois, dit le vieil homme. Ils vont me rendre mes pièces et quitter la ville à toute vitesse, n'est-ce pas ?

En tremblant de tous ses membres, Grimash se redressa, encouragé par l'absence de réaction de la créature. Il parvint à détacher sa bourse et la jeta aux pieds du mendiant. Puis, suivi par ses hommes, il s'éloigna lentement, très lentement, sans quitter le Dakan des yeux.

Quand ils furent suffisamment loin, ils firent volte-face et détalèrent comme des lapins.

20

Le chariot avançait à la vitesse lente et régulière des bœufs laineux.

Naabin s'était assoupie. Mais pas Sheylis, qui ruminait dans son coin. De temps à autre, Naabin poussait dans son sommeil de petits cris. De quoi rêvait-elle ? De son travail dans l'auberge d'Ayhun où l'avaient débusquée, sans raison, les prêtres du Crâne ? De sa famille, qui comptait sur son salaire pour survivre ? De son enfance trop courte, dans la campagne oqamienne ?

Sheylis avait préféré cacher à la jeune fille les véritables raisons de sa propre présence en ville. Elle se demandait encore si les villageois n'étaient pas impliqués dans son enlèvement, aussi préférait-elle rester prudente. Elle avait prétexté une visite à une tante imaginaire. Cependant, en regardant Naabin dormir, si fragile et vulnérable, elle se sentait coupable de lui avoir menti.

« Mieux vaut regretter ses silences que payer pour ses paroles », disait parfois sa grand-mère. L'image de la vieille femme vint lui tenir un moment compagnie. Si on lui avait dit, quelques jours plus tôt, qu'elle penserait à son aïeule avec des bouffées de tendresse, elle ne l'aurait pas cru ! « On prend conscience des choses importantes une fois qu'on les a perdues », disait aussi la sorcière.

Or Sheylis avait rencontré au cours de ces fameux derniers jours plus de personnes importantes que durant sa vie entière. Sa grand-mère, d'abord, qu'elle avait eu le sentiment de découvrir au moment où elle la perdait. Ce garçon ensuite, Ægir-Peau-d'Ours, qui s'était montré si courageux et qu'elle avait aidé, avant de l'abandonner. Cette fille enfin, Naabin, une parfaite inconnue, qui était en train de devenir tout ce qui lui restait au monde.

Le souvenir de sa grand-mère, la pensée d'Ægir et la présence de Naabin lui mirent du cœur au ventre. Elle ne se laisserait pas aller au découragement.

Elle fouilla dans son sac et sentit la présence rassurante du sachet contenant ses thun-lawz. Elle était encore novice dans le maniement des jetons de pouvoir, mais elle pourrait toujours essayer de s'en servir pour quitter cet endroit. Il suffisait d'attendre le moment propice. Quand ils s'arrêteraient pour la nuit, par exemple, et qu'elles seraient abandonnées sans surveillance dans le chariot.

Oui, il fallait attendre.

Deuxième partie

(...) *Dans un village humide*
j'ai trouvé mon guide.
Et nous sommes partis
dans la nuit. (...)

J'ai voulu éloigner de la rive
l'embarcation captive.
J'ai fait un faux mouvement
et un morceau de pierre léger comme une feuille
a déchiré mon œil.
J'ai senti le sang
goutter sur mes lèvres et glisser sur ma peau.
Je suis monté à bord
semblable à un mort
et je me suis laissé prendre par le fil de l'eau. (...)

Le Chant du Fleuve ou *Voyage de Rosk-le-Borgne*
(extraits des chants I et III)

21

Le feu crépitait et projetait ses lueurs dansantes sur les troncs élancés des pins-résine.

Ægir émergea de son sommeil avec un mal de tête atroce. Allongé sur un matelas de mousse fraîche, il était blotti dans sa peau d'ours.

La nuit est donc tombée, songea-t-il. *Et me revoilà dans la forêt*.

Il fit un mouvement qui lui arracha une grimace. La douleur irradiait dans son corps, comme s'il avait été, une fois encore, passé à tabac.

Il posa la main sur sa poitrine. Elle était dénudée. Ses nouveaux vêtements avaient disparu. Seul le vestige de ce qui fut un pantalon préservait encore sa pudeur.

Que s'était-il passé ?

Ses souvenirs étaient passablement confus. Il se rappelait le repas à l'auberge, le mendiant qui se faisait voler et molester par les Baadalis, sa propre indignation devant la scène. Ah ! il avait encore rêvé de l'ours. Quoi d'autre ? Il essaya de se concentrer et renonça bientôt sous les assauts de la migraine.

Il toussa et aperçut Doom qui fourrageait dans les braises.

Doom se tourna vers lui.

– Comment tu te sens ?

– Cassé. J'ai mal partout, répondit simplement Ægir. Qu'est-ce que je fais là ? Où sont les vêtements que tu m'as achetés ? Pourquoi a-t-on quitté Ayhun ?

– Alors c'est vrai… Tu ne te rappelles vraiment rien !

Une voix qui n'était pas celle d'Ægir répondit à Doom, résonnant dans la nuit.

– Je te l'ai dit, petit. Ce genre de transformation est extrêmement douloureux. L'esprit préfère oublier.

Ægir scruta les ténèbres et mit un moment à reconnaître, adossé contre un tronc, le vieux mendiant de la place d'Ayhun.

Aussitôt, de nouveaux souvenirs affluèrent : son intervention. Les ricanements des Baadalis.

Le mal de tête reprit plus fort et il dut se rallonger.

– Qu'est-ce qui s'est passé ? Dis-le-moi, Doom, s'il te plaît… Il faut que je sache.

Le jeune scalde hésita puis, après avoir obtenu l'acquiescement du vieillard, se lança comme on se jette à l'eau.

– Eh bien, commença-t-il, tu t'es transformé en quelque chose de… de franchement effrayant. Les Baadalis tremblaient de peur et ils n'étaient pas les seuls ! Tous les gens d'Ayhun ont fui le quartier. Tu étais à deux doigts de faire un massacre. Et puis Gaan a réussi à te calmer. Nous t'avons fait sortir de la ville, nous sommes venus nous cacher dans la forêt. Tu t'es effondré par terre, et, à ton réveil, tu es redevenu Ægir. Enfin, j'espère.

– Mais c'était quoi ? gémit le garçon qui tentait de comprendre ce que son ami venait de dire. Qu'est-ce que je suis devenu ? Qu'est-ce qui m'arrive ?

Le vieux mendiant quitta l'abri du pin-résine et s'approcha du feu. Il appuyait son grand corps sur son bâton noueux, poli par l'usage. Ses longs cheveux blancs encadraient un visage ridé. Un manteau gris, usé jusqu'à la trame, recouvrait une veste de laine noire et une écharpe délavée, affreusement tachée. Son pantalon était serré aux chevilles, selon l'ancienne mode. Il allait pieds nus. Ses gestes étaient précautionneux. Lorsqu'il tourna vers lui un regard laiteux, Ægir se rendit compte que le mendiant était aveugle.

– Tu es un Dakan, mon garçon, dit-il.

La voix du vieil homme, chaude et profonde, apaisa Ægir.

– Rassure-toi, ce n'est ni grave ni dangereux pour ta santé, continua-t-il. Il arrive que, parfois, des enfants naissent avec le pouvoir de se transformer. La légende raconte qu'une femme, dans les premiers temps du royaume, fut enlevée par un ours des forêts. Revenue parmi les siens, elle donna naissance à un garçon mi-homme, mi-animal. Depuis, de siècle en siècle, sa descendance se rappelle régulièrement au souvenir des autres hommes.

– Incroyable, murmura Doom. Je ne connaissais pas cette histoire !

– Ce n'est pas étonnant, répliqua le vieil homme. Aujourd'hui, les Dakans se font rares, et ceux qui se manifestent deviennent tous, sans exception, les serviteurs des Naatfarirs.

Le cœur d'Ægir fit une embardée.

– Je me suis échappé d'un de leurs enclos, dit-il d'une voix qui tremblait.

– Alors tu as eu de la chance, mon garçon. Doublement, même, puisque tu ne portais pas encore ton collier de servitude.

– Un collier ?

– Gravé de thun-lawz. Il permet aux Naatfarirs de contrôler la transformation des hommes en Dakans et de s'emparer de leur volonté.

Un silence accueillit les dernières révélations du mendiant.

« Tu seras traité comme un être humain le jour où tu deviendras un animal ! » lui avait lancé le chef des guerriers noirs. L'image d'Ishkar brandissant un collier étrange devant sa cage dansa un long moment dans l'esprit d'Ægir.

– Comment vous savez tout ça ? Doom m'a raconté que vous avez réussi à me calmer quand j'étais un… monstre. Qui êtes-vous ?

Le vieillard sourit. Son sourire était amusé, mais dénué de malice.

– Je m'appelle Gaan. Certains disent Gaan-le-Fou. Autrefois, j'étais un sorcier gris réputé et on s'arrachait mes services, de l'Amont à l'Aval.

– Un sorcier gris, répéta pensivement Doom. Vous êtes le premier que je rencontre !

– Comme les Dakans et bien d'autres choses de nos jours, les sorciers disparaissent peu à peu du royaume, soupira Gaan.

– Je vais encore passer pour un idiot, dit Ægir en remuant sur son lit de mousse, mais… c'est quoi, un sorcier gris ?

– Une sorte de guérisseur, répondit Doom avec une moue dubitative.

– Un maître dans l'art des thun-lawz, grand manipulateur des énergies et éminent spécialiste des Qamdars ! précisa Gaan en lançant au scalde un regard indigné. Pour ta gouverne, mon garçon, et avant que tu me poses la question, un Qamdar, c'est un démon. Alors, quand on sait dompter les démons, on reste capable d'apprivoiser un Dakan !

– Un dompteur de démons, murmura Ægir en essayant d'imaginer ce que cela pouvait impliquer.

– Du moins, c'est ce que j'étais, continua le sorcier. Je ne suis plus, hélas ! qu'un vieillard aveugle. Condamné à mendier pour ne pas mourir de faim.

22

Ishkar fit un signe de son bras valide.

Ses hommes s'arrêtèrent aussitôt. Devant eux, rompant la monochromie du paysage, des taches sombres parsemaient le sol immaculé. Aucune chute de neige récente n'avait effacé les traces du garçon qu'ils pourchassaient.

Le chef des Naatfarirs s'était engagé sans crainte dans les montagnes, malgré la présence de nombreuses empreintes du tigre. Le fauve était rassasié, et son groupe comptait, en plus de deux guerriers, un sorcier noir et un Dakan. Or, il le savait d'expérience, les tigres n'aimaient pas les Dakans.

Le Dakan qui les accompagnait était dans la force de l'âge. Un homme maigre, à l'aspect négligé et au regard fixe, halluciné. Il se tenait à l'arrière, immobile sur sa monture, dont les naseaux avaient été soigneusement enduits d'onguent pour anesthésier leur odorat.

Le sorcier, un gros homme au port altier, vêtu de noir, chevauchait à son côté.

Au cas où.

Ishkar fit une grimace de dégoût. Il détestait la magie et tous ceux qui l'utilisaient. Manipuler la matière, forcer la nature et l'ordre des choses, cela lui paraissait malsain. Il préférait cent fois affronter le monde avec son sabre ! Il acceptait mal que les dieux aient pu inventer la magie, et, plus encore, ne comprenait pas bien pourquoi ils en avaient fait don aux hommes. Mais les dieux avaient leurs raisons, et lui, Ishkar, n'était qu'un guerrier, engagé dans une mission qui pouvait lui coûter sa place au sein de la tribu.

Assez perdu de temps en pensées inutiles, se tança-t-il intérieurement.

Il se concentra sur le spectacle macabre qu'il avait sous les yeux.

– Des gens de Shogh-le-Pieux, annonça l'éclaireur. Leur mort est récente.

– C'est l'œuvre du tigre ? demanda Ishkar en retenant sa respiration.

Le Naatfarir se contenta de secouer la tête.

Cela confirmait ses pires craintes : le garçon s'était transformé. Il l'avait fait bien trop tôt et sans le contrôle d'un collier. Pire, il avait goûté au sang, au sang humain. C'était un très mauvais départ.

Le visage sombre, Ishkar lança un ordre sec, et le petit groupe continua sa route, en s'engageant dans la gorge qu'avait empruntée le fugitif.

23

Doom jetait à Ægir des regards en coin.

Il ne savait plus quoi penser. Il avait sauvé un fugitif, l'avait accueilli près de son feu ; il lui avait ouvert son cœur et offert son amitié. Il avait même fait de lui le futur héros de sa grande saga ! Mais qu'était-il en réalité ? Un Dakan. Un monstre surgi tout droit des anciennes légendes.

Doom secoua la tête. Non. Ægir était un garçon qui n'avait pas eu de chance, qui avait vu sa famille mourir sous ses yeux, qui avait passé la fin de son enfance dans une cage, et qui, au moment où il goûtait enfin à la liberté, se découvrait victime d'une malédiction…

Doom avait assisté à la transformation. Il était même aux premières loges. Il avait entendu Ægir hurler de douleur, vu son corps tout entier craquer, grincer et se tordre. Qui pouvait savoir ce qu'avait enduré son esprit ?

– Doom, ça va ?

Ægir s'était tourné vers lui.

– Pourquoi tu me demandes ça ?

– Tu n'arrêtes pas de m'observer.

Son ton était légèrement accusateur.

– Je… Non, pas du tout. Enfin… (Doom prit une inspiration.) Désolé, vieux. Mais comprends-moi, il faut du temps pour se faire à l'idée que tu es capable de devenir un… un monstre de deux mètres de haut avec une gueule remplie de crocs et dégoulinante de bave ! Ce n'est pas évident !

– De bave corrosive, ajouta le sorcier. Quant aux deux mètres, ça évoluera avec la croissance. Un Dakan adulte avoisine plutôt les trois mètres.

– Merci de votre intervention, Gaan. Vous m'aidez drôlement !

Ægir mit fin à l'échange en se redressant. D'une voix cassée, il s'adressa à son ami :

– Je te comprends, Doom, je te comprends très bien. Même moi, je me fais horreur ! Je m'en irai dès que je serai capable de marcher…

– T'en aller ? Comment ça ? s'étouffa le scalde. Je n'ai pas dit que je ne voulais plus de toi, j'ai essayé de t'expliquer qu'il fallait que je m'habitue !

– Mais…

Ægir était bouleversé. Il croyait que Doom cherchait simplement ses mots pour mettre un terme à leur amitié toute neuve.

– On est comme des frères, Ægir, tu te rappelles ? Des frères, ça ne se lâche pas à la première difficulté !

Ægir redressa la tête. Les larmes perlaient dans ses yeux.

– Tu es fou…

Doom grommela quelque chose qui se perdit dans le bruit du feu. Puis il s'empara du chaudron et s'attela à la préparation du repas.

Le sorcier s'approcha d'Ægir.

Pour un aveugle, il se déplaçait remarquablement bien, en s'aidant, pour prévenir les obstacles, de son bâton, comme s'il s'agissait d'un prolongement de sa main.

Il s'assit à côté du garçon, en étouffant une plainte.

– La terre est basse pour les vieillards, s'excusa-t-il.

– Elle l'est pour tout le monde, répondit Ægir d'une voix fatiguée. Et croyez-moi, c'est encore plus vrai dans une cage.

Gaan rit doucement.

– Combien de temps as-tu passé chez les Naatfarirs ?

– Trois ou quatre ans, je ne sais pas exactement.

– Pour quelqu'un qui a passé un quart de sa vie derrière les barreaux, tu t'exprimes remarquablement bien. Et puis tu possèdes un humour d'homme, pas celui d'un enfant.

Ægir réfléchit un moment.

– Il n'y avait que des hommes autour de moi. Je n'ai jamais vu d'enfants. Les Naatfarirs se comportaient avec moi comme si j'étais stupide, incapable de les comprendre. Heureusement, il y avait les autres prisonniers et on parlait entre nous. C'est d'ailleurs tout ce qu'il y avait à faire.

Gaan tourna vers lui son regard d'aveugle.

– Dis-moi, Ægir, Ægir-Peau-d'Ours, puisque c'est ainsi qu'on t'appelle à en croire ton ami musicien, as-tu déjà rencontré un Dakan ?

Le garçon secoua la tête. Puis il se rappela que Gaan ne pouvait pas le voir.

– Je ne sais même pas comment on les reconnaît, répondit-il. Enfin, je veux dire quand ils ne sont pas transformés.

– À leur attitude lointaine, leur façon d'être étrangers à leur propre corps. Mais surtout à leur collier. Leur collier de servitude. Les Dakans sont redoutables, Ægir. Transformés, habitués au goût du sang, ils échappent totalement à l'homme qu'ils sont à l'origine, et qu'ils redeviennent quand ils sont calmés. C'est pour cela que les sorciers noirs ont mis au point un collier qui contrôle toutes les phases de leur transformation.

– Les sorciers noirs ?

– Des sorciers tournés vers l'action, à la différence de nous, qui cherchons surtout à comprendre. Gris-sorciers et noirs-sorciers utilisent les thun-lawz, ces signes de pouvoir que nous ont laissés les dieux pour déchiffrer le monde et agir sur lui. Les sorciers gris s'en servent pour lire l'avenir, soigner, protéger et bâtir. Les sorciers noirs, eux, sont passés maîtres dans l'art d'associer les thun-lawz aux objets, et ils les emploient pour forcer et contraindre.

– Alors, sorciers noirs et sorciers gris sont ennemis ?

– Disons que nous voyons les choses différemment. Après, nos intérêts peuvent converger ou bien s'opposer… Mais assez parlé des sorciers, noirs ou gris ! Je vais t'avouer ce qui me tracasse : tu n'aurais jamais dû te transformer si tôt.

Une lueur inquiète s'alluma dans le regard d'Ægir.

– Qu'est-ce que vous voulez dire ?

– Un Dakan connaît sa première transformation au cours de sa seizième année, parfois plus tard mais jamais avant.

– Mais alors, comment se fait-il que…

– Je n'en ai aucune idée, mon garçon. Les circonstances, la présence du danger… ton enfance particulière, peut-être. Je ne sais pas.

Ægir se mordilla les lèvres.

Depuis qu'il avait été recueilli par Doom, il avait eu du temps pour réfléchir aux derniers événements. Il en avait consacré beaucoup à essayer de comprendre ce qui lui était arrivé dans les montagnes. Son rêve d'ours. Les douleurs au réveil. Exactement comme ce soir ! Non, il ne pouvait y avoir de doute : il avait déjà fait l'expérience d'une transformation. Son corps, sentant qu'il allait mourir dans la neige, s'était sûrement révolté et avait provoqué son changement en Dakan, ce qui lui avait permis de regagner la forêt. Enfin, c'est ce qu'il imaginait, et comme il n'y avait aucun témoin et que sa mémoire était défaillante, il fallait s'en contenter. Pouvait-il révéler cette découverte au vieil homme ? Après tout, ce n'était peut-être que du vent, le fruit de son imagination.

Et Sheylis ? Devait-il parler au sorcier gris de la jeune fille ? Elle était réelle au moins, enfin il l'espérait. Est-ce que cette rencontre pouvait expliquer ce qui lui arrivait ?

Il hésita puis choisit de se taire. Ces souvenirs lui appartenaient, à lui seul. Ils étaient même son seul bien.

24

Le chariot s'arrêta dans un grincement d'essieux.

Sheylis entendit un remue-ménage à l'extérieur. Les bêtes furent dételées, les roues calées. Puis les voix d'hommes s'éloignèrent.

Ils vont monter le camp, se dit Sheylis. *Ils vont nous apporter à manger. J'attendrai que tout soit calme, que tout le monde dorme, et j'agirai !*

Le problème, c'était qu'elle ne savait pas exactement ce qu'elle allait faire. Sa grand-mère avait promis de lui enseigner la manière de forcer les verrous avec les jetons de pouvoir. « De tous les verrous, visibles et invisibles », avait-elle précisé de sa voix sèche. Elle n'en avait jamais eu le temps. Pourtant, si un sort était utile, c'était bien celui-là !

Restait la fuite, classique. La course, dans la pénombre complice. Cette option lui avait déjà réussi. Mais elle n'était plus seule à présent : il fallait compter avec Naabin. Depuis l'épisode du garçon dans les montagnes, la seule pensée d'abandonner quelqu'un derrière elle faisait frémir Sheylis. Quand l'occasion de s'enfuir se présenterait, elles tenteraient leur chance ensemble.

La serrure grinça et la porte s'ouvrit brutalement. Sahr'sâ, le prêtre du Crâne, apparut en brandissant une torche.

– Debout là-dedans !

Il tapa contre la cloison pour réveiller Naabin.

– Vous allez sortir, annonça-t-il. Je vais vous enchaîner et vous conduire près du feu. On vous donnera à manger. Ensuite, vous serez ramenées au chariot et vous pourrez dormir.

Il surprit le regard de Sheylis et il sourit.

– À votre place, je n'essayerais pas d'aller au-delà de la clairière. La forêt est remplie de grosses bêtes aux dents très pointues !

Naabin poussa un gémissement et Sheylis prit sa main dans la sienne pour la rassurer. Ce prêtre pensait-il vraiment l'effrayer avec des histoires pour les enfants ? Il la connaissait mal.

25

Gaan saisit Ægir par l'épaule.

La poigne du vieillard était vigoureuse.

– J'ai besoin de savoir, lui dit-il. Pour cela, il faut que je t'examine. Veux-tu bien ?

– Qu'est-ce que vous allez me faire ?

L'inquiétude était palpable dans la voix du garçon, et Gaan y répondit par un petit rire rassurant.

– Je vais juste promener mes mains d'aveugle sur ton visage. Ça ne fera pas mal, je te le promets.

Qu'est-ce que je risque à accepter ? se demanda Ægir. *Doom est juste à côté…* Et puis le vieux sorcier semblait le seul capable d'apporter des réponses à toutes les questions qu'il se posait.

Ægir posa lui-même les mains de Gaan sur ses joues. Celui-ci hocha la tête, approuvant sa décision. Il se mit à tâtonner, lentement, s'attardant sur tous les reliefs du visage, chair, os, cartilage, le front plissé, à la recherche de quelque chose connu de lui seul.

– Alors ? demanda Ægir qui observait attentivement les grimaces du vieillard.

– Rien. Rien d'anormal, en tout cas. Je ne comprends pas…

Ses grandes mains noueuses, déformées par l'âge, descendirent au niveau du cou, puis remontèrent sur le cuir chevelu, avant d'explorer la nuque.

– Ah ! s'exclama-t-il. J'ai quelque chose.

– Qu'est-ce que c'est ? C'est grave ?

Gaan retira ses mains. Ægir le sentit perplexe.

– Alors ? insista le garçon en levant vers lui des yeux suppliants.

– Étrange, murmura le vieillard. Tu portes à l'arrière du crâne, imprimée dans la peau, la marque de deux thun-lawz tracés maladroitement. Urh et Elh pour être précis. J'ai du mal à comprendre la raison de leur présence. Tu te souviens de quelque chose, Ægir ?

Sentant peser sur lui le regard laiteux de l'aveugle, Ægir baissa la tête, regrettant de ne pas s'être livré avec sincérité.

– Dans les montagnes, commença Ægir, encouragé par un hochement de tête de Gaan, j'ai rencontré une fille. Elle s'appelait Sheylis. Elle m'a aidé alors que j'étais près de mourir. On a marché ensemble, sur les plateaux. Elle était poursuivie elle aussi.

– Par les Naatfarirs ?

– Non. Je ne sais pas qui lui en voulait.

– Continue.

– Les gens à sa poursuite ont rattrapé leur retard, à cause de moi. J'étais trop lent. Alors elle m'a laissé. Elle s'est enfuie en courant. Je me suis évanoui juste après.

– C'est tout ? Tu ne te rappelles rien d'autre ?

– Quand elle m'a trouvé, elle m'a fait boire une potion qui avait mauvais goût mais qui m'a donné la force de repartir. Et puis, avant de s'en aller, elle m'a pris dans ses bras et elle m'a serré très fort.

Il se tut, passant sous silence sa première transformation qui restait finalement une hypothèse, parce qu'il craignait que le vieux sorcier l'assaille de questions et lui fasse subir un autre examen, lequel aurait peut-être conduit à de nouvelles révélations désagréables à entendre.

Gaan réfléchissait. Ægir n'osa pas l'interrompre.

– Cela expliquerait tout, murmura le vieil homme.

– Qu'est-ce qui expliquerait tout ?

– Cette fille. Sûrement l'apprentie d'un sorcier, noir ou gris. Peu d'expérience mais de l'intuition. Elle a voulu t'aider. Avant de s'en aller, pendant qu'elle te tenait dans ses bras, elle a tracé à ton insu, avec un ongle, deux thun-lawz sur ta nuque. Elle a choisi Urh, qui attire la santé et la chance, et Elh, pour chasser la douleur. Ce n'était pas idiot. Mais Urh est également le signe des changements, et Elh celui de l'éveil de la conscience. C'est l'influence de ces thun-lawz superposés, aiguillonnés par la présence d'un danger, qui a hâté ta transformation en Dakan face aux Baadalis.

Il fit claquer sa langue de satisfaction.

– Est-ce qu'il faut remercier ou maudire cette fille pour cela ? demanda Doom qui s'était approché pour suivre l'échange.

– Elle m'a sauvé la vie dans les montagnes ! se récria Ægir.

– Et la nôtre à Ayhun, dit Gaan. Si tu n'étais pas devenu Dakan, les brutes ne nous auraient pas fait de cadeau. En même temps… (Les deux garçons regardèrent le vieil homme.) Tu es devenu Dakan trois ans trop tôt et sans porter de collier de contrôle, expliqua Gaan. Ce n'est pas bon. Pour nous comme pour toi.

– Qu'est-ce que vous voulez dire ? s'inquiéta Doom. Qu'Ægir est dangereux ? qu'il faut l'abandonner à son sort ?

– Oui, Doom-le-Scalde : Ægir est un danger. Oui, on devrait s'en éloigner sans perdre de temps, répondit calmement le sorcier. On pourrait également le tuer : j'ai dans mon sac des herbes qui feraient l'affaire…

Ægir recula et Doom vint se placer en protection devant lui. Le temps se figea. Le feu projetait sa lumière changeante sur les trois silhouettes, déplaçant les ombres, créant une atmosphère menaçante. Puis le vieil homme éclata de rire.

– C'est ce qu'on devrait faire si l'on était sensés !

Mais on m'appelle Gaan-le-Fou, n'est-ce pas ? Alors non, on ne fera rien de tout ça. On aidera Ægir à surmonter son épreuve. Toi, Doom, par amitié. Moi…

– Vous ?

– Par curiosité, mon garçon. Jamais, depuis des siècles, on n'a laissé de Dakan se promener librement dans le royaume.

Doom l'observa un moment, essayant de déterminer si le vieil homme était sincère.

– Quel est votre plan ? demanda le scalde encore méfiant.

– Je connais quelqu'un, à Kesh-la-Grande, qui en sait beaucoup sur les Dakans, répondit le sorcier. C'est une vieille connaissance et un ami sûr. Si quelqu'un peut aider Ægir, c'est lui.

– Nous allons à Kesh-la-Grande ?

– Ta perspicacité n'a pas de limites, jeune scalde, se moqua gentiment Gaan.

26

Le guerrier kaafris poussa brutalement devant lui les deux jeunes filles, qui trébuchèrent au pied de Sahr'sâ.

– Où comptiez-vous aller ? demanda le prêtre avec un sourire goguenard.

Naabin se mit à trembler. Sheylis foudroya Sahr'sâ du regard et répondit :

– Nulle part ! On voulait juste voir ce qu'il y avait derrière les arbres. C'est comme ça, les filles sont curieuses, vous n'y pouvez rien.

Sahr'sâ lui prit le bras avec une douceur surprenante, qui la fit frissonner bien plus que s'il avait tenté de la battre.

– Vous pouvez essayer de vous enfuir tant que vous voudrez, mes petites. Les Kaafris vous retrouveront toujours : ce sont des chasseurs-nés ! Seulement...

Il laissa la phrase en suspens, se délectant de la peur qui faisait trembler Naabin et de l'inquiétude qu'il voyait poindre chez Sheylis.

– Seulement je ne serai pas toujours là pour les empêcher d'être violents. Les hommes sont des barbares, vous savez. Plus encore quand les filles sont aussi jolies que vous.

C'était trop pour Naabin, qui poussa un gémissement et éclata en sanglots. Sheylis se raidit. Sahr'sâ ouvrit le lourd vantail en bois du chariot et poussa sans ménagement les prisonnières à l'intérieur.

– Je vous demande à toutes les deux de ne pas oublier que si ce chariot est fermé à clé, c'est avant tout pour vous protéger de l'extérieur.

Sa menace fit mouche et Sheylis serra les dents.

Il referma violemment la porte, laissant les deux filles dans le noir.

27

– Kesh-la-Grande, répéta Ægir. Ça signifie qu'on va rester ensemble tous les trois ?

Gaan hésita puis secoua la tête.

– Non.

Avant que les deux garçons puissent protester, Gaan précisa :

– Pas tous les trois : tous les quatre !

– Comment ça ? l'interrogea Doom en levant un sourcil.

– Cette fille, Sheylis. J'ai dit que c'était une apprentie. Quand on commence sa formation, on s'imagine que les signes de pouvoir agissent en fonction de nos seuls souhaits. C'est évidemment une erreur : les thun-lawz ont leur propre volonté et, à moins d'être suffisamment fort pour les contrôler, ils font souvent ce que bon leur semble.

– Eh bien ? le pressa Ægir.

– En inscrivant Elh dans ta peau, avec son pouce, cette fille ne t'a pas seulement protégé de la douleur, elle a créé un lien extrêmement fort, un lien qui rend indispensable sa présence dans notre groupe. Sans la présence de Sheylis parmi nous, tu seras incapable de te concentrer. Nous devons impérativement la retrouver et l'emmener avec nous à Kesh-la-Grande.

– Un lien magique ! Un charme ! C'est pour cela qu'il tenait tant à suivre sa piste ! s'exclama Doom en faisant claquer ses doigts.

Ægir accusa le coup.

Était-il possible que la magie explique à elle seule ce qu'il éprouvait pour Sheylis ? Car elle l'avait sauvé et il faudrait être sans cœur pour ne pas lui en être reconnaissant. Seulement… que connaissait-il des rapports humains, lui, le monstre qui avait vécu un quart de sa vie dans une cage ?

– Quelle que soit la raison pour laquelle je cours après Sheylis, dit-il dans un souffle, sortilège ou gratitude, j'ai malheureusement perdu sa trace.

Un sourire triomphant éclaira le visage de Gaan.

– N'en sois pas si sûr, mon jeune ami.

Le sorcier gris fouilla dans son havresac et en tira un sac de cuir usé. Il dénoua la cordelette qui le maintenait fermé et répandit son contenu par terre. C'étaient des bâtonnets de bois, des triangles de métal et des pierres taillées en forme de pièces de monnaie.

– Les vingt-quatre thun-lawz, dit Gaan tandis que Doom et Ægir le regardaient manipuler les objets. Huit, gravés sur du bois, offerts par la Reine des Montagnes. Huit autres donnés par le Maître de la Foudre, gravés sur du fer. Huit, enfin, confiés par le Chevaucheur de Vent, gravés sur de la pierre.

Sans hésiter, il choisit une pierre.

– Voici Elh.

Devant la surprise des garçons, il ajouta :

– Chaque thun-lawz vibre de manière spécifique. Un sorcier digne de ce nom est capable de les reconnaître les yeux fermés !

Gaan fit signe à Ægir de tendre sa main. Il y déposa la pierre, qu'il recouvrit de ses dix doigts. Puis il se concentra. Après un temps qui parut interminable au garçon, le vieil homme retira sa main et rangea le thun-lawz dans une des innombrables poches de son manteau.

– Alors ? demanda timidement Ægir.

– Il y avait beaucoup d'interférences, mais j'ai réussi à localiser la fille, annonça Gaan, brusquement fatigué. Nous partirons à sa recherche demain à la première heure. Maintenant, j'ai besoin de prendre des forces et toi aussi, Ægir. Doom, mon garçon, si tu nous servais un peu de ta soupe ? Je meurs de faim !

28

Sheylis ruminait sa frustration et sa colère dans son coin.

La nuit était bien avancée et elle ne parvenait pas à dormir.

Elle repassa dans sa tête les événements de la soirée. Tout s'était passé comme Sahr'sâ l'avait annoncé. On les avait enchaînées, elles s'étaient réchauffées près du feu où on leur avait donné à manger. Elles avaient ensuite bénéficié d'un moment d'intimité derrière les arbres. Là, elle avait pris Naabin par la main et l'avait entraînée dans la forêt. Une erreur, elle s'en rendait compte à présent. Elle ne connaissait pas la région et n'avait aucune idée de l'endroit où elles se trouvaient. Elles étaient entravées et les anneaux de métal, en plus de les ralentir, faisaient un bruit terrible. Les guerriers kaafris les avaient rattrapées facilement et les avaient ramenées à Sahr'sâ, en se moquant d'elles. C'était un échec complet.

Mais Sheylis avait appris trois choses importantes.

La première, c'était que, quelle que soit la raison

pour laquelle on les avait enlevées, on ne leur voulait pas de mal. Enfin, pas dans l'immédiat. Leur exploit de ce soir aurait pu leur valoir d'être battues. Or, on avait seulement cherché à leur faire peur.

La deuxième, c'était que toute tentative d'évasion était vouée à l'échec : enfermées le jour dans une prison ambulante, attachées la nuit sous la surveillance des guerriers kaafris. Et puis, pour fuir à deux, il fallait être deux ! La passivité et la frayeur de Naabin étaient des obstacles plus grands encore que leurs entraves ou leurs gardiens.

Sheylis regarda sa compagne de cellule, qui dormait encore d'un sommeil agité.

C'était le troisième enseignement de la soirée. La fille d'Ayhun avait renoncé à lutter. Naabin se montrait soumise aux événements, attitude à laquelle elle-même ne devait à aucun prix se laisser aller.

Sheylis en était là de ses réflexions quand elle aperçut une lueur dans son sac.

Elle l'ouvrit, s'attendant à surprendre une luciole.

Elle découvrit avec stupeur que la lumière provenait du sachet de thun-lawz, soigneusement fermé. Elle vérifia que Naabin dormait toujours, puis défit fébrilement le lacet.

L'une des pierres diffusait une lumière irréelle. C'était Elh. Sheylis prit la pierre dans sa main, et le signe de pouvoir s'éteignit aussi inexplicablement qu'il s'était allumé.

Qu'est-ce que ça voulait dire ? Sa grand-mère l'aurait

su. Mais elle n'était plus là pour la guider. Sheylis restait livrée à elle-même, réduite à des suppositions.

Le pouvoir principal de ce thun-lawz était la protection. Cela voulait-il dire que le Chevaucheur veillait sur elle ?

Elle s'allongea sur le plancher, le dos contre la cloison et la pierre serrée dans sa main. Elle décida que c'était une explication qui en valait une autre et elle sombra enfin dans le sommeil.

29

Les montures des Naatfarirs allaient au pas dans les rues d'Ayhun.

Les sabots des chevaux s'accommodaient mal des pavés glissants. De toute façon, il était interdit de galoper en ville.

Les gens regardaient passer la troupe avec un mélange de curiosité et de crainte ; les Naatfarirs descendaient rarement de ce côté-ci du Fleuve.

Les deux guerriers qui escortaient Ishkar arboraient leur tête des mauvais jours. Le fugitif avait survécu au tigre et à la montagne. Pour ne rien arranger, il s'était transformé. Sa capture serait difficile, la traque allait s'éterniser. La perspective de revoir leur famille, de profiter de la chaleur du feu sous la tente de feutre avec leur femme et de jouer avec leurs enfants s'éloignait désagréablement.

Le Dakan, lui, affichait un visage impénétrable. Un badaud n'aurait vu chez cet homme qu'un serviteur comme les autres. Il était grand, il avait les cheveux sales, une barbe en broussaille taillée sans soin, et sa maigreur était accentuée par d'amples vêtements de laine écrue. Mais un observateur attentif aurait remarqué la fixité de son regard, clair et sombre à la fois, ainsi que la raideur de son maintien. Le collier qui le liait à ses maîtres interdisait au Dakan de manifester ni même d'éprouver la moindre émotion.

Ishkar mit pied à terre sur le quai, devant un entrepôt, et attacha sa monture à l'un des anneaux sertis dans le mur. Ses hommes l'imitèrent.

– Teresh, commanda-t-il au plus fort des guerriers, tu restes là avec les chevaux et tu gardes le Dakan. Bishin, Chakor, avec moi. Le gamin s'est sûrement arrêté en ville. Rosk-le-Borgne m'en soit témoin ! on retrouvera sa trace, même s'il faut interroger les habitants d'Ayhun un par un.

– Je me charge des tavernes ! annonça Chakor sur un ton réjoui. Cela fait trop longtemps que je n'ai pas goûté la bière d'Ayhun et elle est fameuse !

Ishkar le foudroya du regard.

– Notre mission passe avant tes plaisirs, le Noir. Nous resterons ensemble.

Le visage de Chakor s'assombrit. Il grommela :

– Si l'on possédait quelque chose qui a appartenu au fugitif, je l'aurais retrouvé aussi facilement que ça.

Il claqua des doigts pour souligner son propos.

Cet homme était bien différent des Naatfarirs : petit et trapu, des membres courts mais puissants, une large bedaine, un crâne dégarni bordé de longs cheveux filasse. Il portait à la ceinture une masse d'armes constellée de thun-lawz, ainsi que, accroché dans le dos, un bouclier couvert lui aussi de signes de pouvoir. Un manteau aux manches larges, des bottes et un pantalon de cuir le protégeaient du froid.

Ishkar le considéra d'un air méprisant dans lequel perçait la crainte.

– Si j'avais eu une telle chose, sorcier, je te l'aurais déjà donnée.

Chakor changea d'humeur et gloussa.

– C'est vous le chef ! On fera comme vous voudrez.

Il avait dit « chef » sur un ton moqueur. Ishkar choisit de ne pas relever et se mit en marche. Son peuple avait besoin des sorciers noirs pour confectionner les colliers de servitude. Ils faisaient d'ailleurs payer leurs services à prix d'or. Mais il n'aimait pas – le mot est faible – ces hommes sans terre et sans clan, qui consacraient leur vie à la magie, décidaient eux-mêmes de leurs allégeances et n'avaient aucun respect pour la hiérarchie.

Ishkar cracha par terre et accéléra le pas.

30

Au petit matin, Gaan était assis près du feu, en train de ranimer les braises.

Doom dormait encore, roulé en boule dans une couverture de laine. Ægir, allongé dans sa peau d'ours, observait le vieil homme.

– Vous avez veillé toute la nuit ? lui demanda-t-il.

– À mon âge, on ne dort pas beaucoup, répondit l'aveugle. Le temps court plus vite, on se rend compte que chaque minute est précieuse, on ne veut rien perdre. Et toi, mon garçon ? T'es-tu reposé ?

– J'ai encore fait des cauchemars.

Le vieux Gaan hocha la tête.

– On en ferait pour moins que ça.

– Ils sont vraiment horribles, vous savez. Votre ami à Kesh-la-Grande, il pourra m'en débarrasser ?

– Sûrement. Je te l'ai dit, Ægir, personne ne connaît les Dakans mieux que lui.

Le garçon hocha la tête. Puis il reprit, timidement :

– Il y a autre chose…

Gaan perçut son hésitation et l'encouragea à poursuivre.

– Ça concerne Sheylis. Vous croyez que c'est uniquement à cause du thun-lawz qu'elle a tracé sur ma peau que j'ai envie de la retrouver ?

Le sorcier gris éclata de rire, réveillant Doom, qui grommela en rabattant la couverture sur sa tête.

– Les filles possèdent leurs propres sortilèges, Ægir. Tu manques là aussi d'expérience en la matière, mais crois-moi sur parole : Elh te lie à elle, mais elle te lie aussi à elle sans Elh !

– Je n'ai rien compris, avoua l'intéressé.

– Il gâtouille ! renchérit Doom de sous sa couverture.

– Eh ! le scalde ! Du respect pour les anciens, lui lança Gaan. Allez, lève-toi, on a faim !

– Vous n'avez qu'à cuisiner vous-même, je ne suis pas votre domestique ! râla encore Doom en émergeant, hirsute.

– Impossible. Ægir est toujours sous le choc, et moi, je suis aveugle.

– Mouais, bougonna Doom en se grattant furieusement la tête. Aveugle peut-être mais pas si fou que ça ! À propos de folie, Gaan… Il y a quelque chose qui me travaille depuis hier soir.

– Je t'écoute, mon garçon.

– Comment se fait-il que vous n'ayez pas réagi face aux Baadalis quand ils vous ont volé votre argent ? Vous êtes un sorcier, Sang de Borgne, vous auriez pu leur lancer un sortilège !

Le mendiant hocha la tête.

– J'aurais pu les terrasser et même les tuer, dit-il en ajoutant du bois au feu qui flambait de nouveau. Mes facultés sont réelles, n'en doute jamais, Doom-le-Scalde ! Malheureusement, je ne maîtrise plus mon pouvoir comme avant, et plutôt que de blesser quelqu'un, je préfère désormais éviter de l'utiliser sous le coup de l'émotion. Je suis un sorcier gris, pas un sorcier noir. C'est peut-être là ce qui nous distingue véritablement : le respect que nous accordons à la vie.

Doom ne fit aucun commentaire.

Quant à Ægir, il se demanda s'il aurait, face aux Naatfarirs, avec entre les mains le pouvoir de les détruire, la sagesse du vieil homme. Il préféra ne pas imaginer la réponse.

31

– Ça va, Naabin ? Tu es perdue dans tes pensées depuis ce matin.

La jeune fille jeta à Sheylis un regard plein de reproche.

– Qu'est-ce qui t'a pris de t'enfuir, hier ? et de m'entraîner avec toi ? Je n'ai jamais eu aussi peur de ma vie. J'ai cru que... J'ai cru...

Elle fondit en larmes.

Sheylis se mordit les lèvres. Naabin était à bout de nerfs, épuisée par une tension dont elle ne parvenait pas à se défaire, même pendant son sommeil. Elle s'approcha de la jeune fille et la prit dans ses bras.

– Je suis désolée, Naabin. Tu as raison, je n'aurais pas dû t'embarquer là-dedans.

– Hier, hoqueta Naabin, ils ont été gentils, ils nous ont bien traitées. Je m'attendais à... à autre chose, d'horrible !

– Tu l'as dit toi-même, ils ont besoin de nous pour leurs rituels, tenta de la rassurer Sheylis. Ils ne nous feront pas de mal.

Mais elle ne put réprimer un frisson.

Tandis que Naabin, abandonnée contre elle, se calmait peu à peu, Sheylis repensa à l'épisode du thunlawz lumineux, qui l'obsédait mais qu'elle ne pouvait s'expliquer.

Ses pensées s'envolèrent ensuite dans les montagnes, vers ce garçon, Ægir-Peau-d'Ours, qui était sûrement mort à cette heure. Les dieux l'avaient-ils punie ? La mettaient-ils à l'épreuve, avec cette fille, Naabin, prête à tout lâcher ?

Elle était convaincue de l'existence d'une justice supérieure, d'une sorte de balancier qui faisait payer les mauvaises actions et récompensait les bonnes.

Si tel était le cas, elle ne s'en tirerait pas avec de belles paroles et quelques caresses…

32

Le vieillard et les deux garçons s'étaient mis en route, sitôt avalé un petit déjeuner composé de galettes cuites au-dessus des braises par Doom-sans-Rancune.

Le scalde avait trouvé dans ses affaires une chemise pour Ægir. Trop grande, elle retombait largement sur son pantalon en lambeaux mais lui donnait une apparence plus convenable.

Soupirant au souvenir de ses chaussures confortables, le garçon s'était résigné à aller pieds nus, à l'instar du vieil homme.

Ils avaient effacé leurs traces du mieux possible, avant de quitter le couvert des arbres et de progresser sur la route passante qui longeait la rive gauche du Fleuve et que Sheylis avait empruntée, selon le sorcier gris.

Ils avançaient en évitant les ornières, les zones boueuses et les pavés déchaussés. Gaan appuyé sur l'épaule de Doom, Ægir traînant à l'arrière.

Ils côtoyaient des fermiers poussant devant eux des brouettes chargées de sacs, des bûcherons transportant des fagots sur leurs épaules, des marchands à dos de mule.

– Ça vous dérange si je vous pose des questions ? demanda Doom au sorcier.

Leur silence ne pesait pas vraiment au garçon, mais il était en proie à son insatiable curiosité. Une curiosité qu'il justifiait au nom de sa grande œuvre : pour écrire une ballade digne de ce nom, il lui fallait de la matière.

– J'imagine qu'un « non » ne t'empêchera pas de le faire, soupira Gaan. Alors vas-y.

– Comment un sorcier gris renommé devient-il un mendiant misérable ?

La question était volontairement provocante mais ne parut pas gêner le vieil homme.

– Un sorcier gris gagne sa vie en préparant des philtres et des potions, en interrogeant les thunlawz, en arrangeant les choses qui peuvent l'être. Quand il ne trouve plus de clients, parce que des jeunes ont pris sa place ou parce que l'habitude de faire appel à un sorcier se perd, il prend sa retraite, grâce à ses économies ou bien en se reposant sur la générosité de sa famille.

– Ne dites rien : vous avez perdu au jeu la fortune d'une vie et votre famille a refusé d'ouvrir sa porte à un aveugle désargenté !

Gaan ne s'offusqua pas de la remarque. Au contraire, il s'en amusa.

– La réalité est plus simple : j'ai les poches percées,

je n'arrive pas à garder l'argent que je gagne ! J'en utilise une partie pour acheter des ingrédients et des ustensiles, une autre pour manger et dormir au chaud. Le reste, je le donne à ceux que je croise sur ma route et qui en ont besoin. Ah ! Et puis sache, mon garçon, que je n'ai pas de famille.

– Je suis désolé…

Doom se mordit les lèvres. Quel besoin avait-il d'asticoter le vieil homme ?

Depuis qu'il avait fui son village pour échapper à l'emprise paternelle, il se méfiait des adultes. L'épisode des brutes baadalis n'avait pas arrangé son ressentiment. Il était parti à l'aventure pour échapper aux gens raisonnables, à leurs insupportables certitudes, à leur inaptitude à désirer, à rêver. Et voilà qu'un vieillard avait fait irruption dans sa nouvelle vie. Un homme pire encore que son père, qui savait plus de choses, qui avait davantage vécu, qui assenait ses leçons de morale à tout bout de champ !

Il était en train de s'énerver tout seul. Il devenait aussi injuste que les adultes qu'il fustigeait. Sans Gaan, Ægir serait certainement mort à cette heure-ci, et beaucoup de gens avec lui. Le vieil homme était parvenu à calmer le monstre qui avait pris la place de son ami, l'empêchant de commettre un massacre.

– À toi de me répondre, mon garçon, dit Gaan en interrompant ses réflexions. Comment un enfant gâté se transforme-t-il en vagabond prétentieux et en musicien médiocre ?

Le regard laiteux du sorcier s'était posé sur le sien.

– Je ne suis pas un musicien médiocre, se rebiffa Doom. Vous ne m'avez jamais entendu jouer ! Et puis, je… Prétentieux ? C'est mon père qui… Ah ! vous m'embêtez à la fin !

Il détourna la tête. En quelques mots, le vieux sorcier l'avait mis à nu. Plus que ça : il lui présentait un miroir dans lequel il l'obligeait à se regarder.

Mais avant que Doom ne s'embarque dans des excuses ou des explications humiliantes, Gaan reprit calmement la parole.

– Moi aussi je suis désolé, mon garçon. Les raisons qui nous ont conduits à être ce que nous sommes ne regardent que nous. Nous allons cheminer un moment ensemble. Faisons la paix et tâchons de nous respecter. D'accord ?

– D'accord, répondit Doom sans hésiter.

Le soulagement qui se lut sur ses traits se transforma aussitôt en inquiétude.

– Ça veut dire que je n'aurai plus le droit d'exprimer ce que j'ai sur le cœur ?

– Comment diable pourrais-je t'empêcher d'être toi-même ? s'esclaffa Gaan. Un gamin insolent qui parle sans réfléchir !

– C'est facile. Si vous me promettez de ne plus être un vieillard irascible qui joue les monsieur-je-sais-tout, je veux bien devenir aimable.

– Alors reste insupportable, Doom-le-Scalde. J'aime trop être celui que je suis.

Au bout d'une lieue à peine sur la route qui longeait le Fleuve, Gaan se racla la gorge.

– Nous sommes trop lents, déclara-t-il. Sheylis est en train de nous semer.

– C'est ma faute, s'accusa Ægir. Je traîne à l'arrière. Mais je peux aller plus vite !

Le ton de sa voix, autant que son état pitoyable, démentait son affirmation.

– Ne dis pas de bêtises, répondit Gaan. Je trébuche moi-même contre chaque pavé. C'est notre compagnie entière qui lambine.

– Qu'est-ce que vous proposez ?

– Nous allons emprunter le Fleuve.

Doom se rangea à l'avis du sorcier, en émettant toutefois une réserve :

– Le Fleuve, c'est une bonne idée. Cela dit, j'espère que vous avez de quoi payer : les places sur les barges coûtent cher. Et je ne parle pas des embarcations elles-mêmes.

– Fais-moi confiance et gagnons la rive, déclara Gaan.

Ils abandonnèrent la chaussée, franchirent un fossé profond et descendirent jusqu'au Fleuve en traversant une ramière essentiellement composée de saules pleureurs nains et de bouleaux dont les feuilles argentées jouaient avec la lumière.

Le Fleuve était impressionnant. Très large à cet endroit, il semblait couler paisiblement. Pourtant, les bateaux qui y naviguaient filaient à vive allure.

Ægir se perdit de nouveau dans la contemplation du ruban métallique. *Comme il est étrange!* songeait-il.

Le Fleuve prenait sa source dans les terres naatfarirs, mais jamais il n'avait eu l'occasion de la contempler. Sortait-elle de la terre ? d'une fissure de rocher ? d'une forge gigantesque ?

– Ne nous faites pas languir, lança Doom au vieil homme. Dites-nous ce que vous avez derrière la tête.

– Quelques cheveux, à ma connaissance ! Que je vais bientôt m'arracher à cause de toi… Écoutez plutôt : ni vous ni moi n'avons assez d'argent pour louer les services d'un batelier et je ne parle même pas d'acheter une barque, n'est-ce pas ?

Doom acquiesça. Sa propre bourse était presque plate à force de puiser dedans. Celle que les Baadalis avaient abandonnée au mendiant, quoique plus fournie, restait largement insuffisante. Il se demanda où le vieux sorcier voulait en venir.

– Nous allons fabriquer notre propre embarcation.

La bouche du scalde s'entrouvrit sous l'effet de la surprise.

– Mais… nous ne sommes pas des bateliers !

Le vieil homme sourit.

– Ni des bateliers ni des tailleurs de pierre. Mais je reste un excellent tisseur de matière ! Ne t'inquiète pas, mon garçon. Apporte-moi les plus gros cailloux que tu trouveras. Et fais-toi aider par Ægir, ça le sortira de sa torpeur.

Les deux garçons mirent leur étonnement de côté et s'activèrent alentour à la recherche des pierres que réclamait l'aveugle.

– Tu y crois, toi, à son histoire de bateau ? chuchota Ægir. Tu penses que c'est possible ?

– Les légendes qui courent sur les sorciers gris leur prêtent nombre d'exploits, répondit prudemment Doom. Tu veux vraiment mon avis ? Nous aurons la réponse quand nous aurons rassemblé les pierres qu'il réclame.

Ils se mirent énergiquement au travail et déposèrent aux pieds du vieil homme les plus beaux galets de la rive, ahanant lorsqu'ils étaient lourds, se mettant ensemble pour transporter les plus volumineux.

– Ça suffit, décréta Gaan. Maintenant, vous allez disposer ces pierres de manière à ce qu'elles se touchent. Ce n'est pas grave si elles ne s'imbriquent pas. Ah, et puis faites ça le plus près possible du Fleuve.

– Pourquoi près du Fleuve ? demanda Doom. Vous en avez besoin pour votre magie ?

– Tu verras. Remuez-vous, les garçons, nous n'avons pas toute la journée !

Doom et Ægir s'exécutèrent en maugréant, s'estimant mal récompensés de leurs efforts. Ils finirent malgré tout par constituer un dallage irrégulier de douze pieds de long sur huit de large.

– C'est bien, mais il faut donner une forme à votre travail, dit encore l'aveugle après avoir caressé les pierres avec son bâton. Pointu à l'avant pour former une étrave, évasé à l'arrière. Allez !

Rongeant leur frein, impatients de voir le sorcier à l'œuvre, les garçons suivirent consciencieusement toutes ses indications.

Gaan finit par se déclarer satisfait.

– Vous pouvez me laisser. Allez vous reposer, c'est à moi d'œuvrer maintenant.

Doom et Ægir se gardèrent bien d'obéir.

Gaan sortit d'une poche de son vieux manteau un outil étrange, à la lame de fer et au manche en bois, à mi-chemin entre le couteau et la gouge.

– C'est un graveur, expliqua le vieil homme. Puisque vous avez décidé de m'espionner, autant en profiter pour apprendre quelque chose.

– On ne vous espionne pas, se récria Ægir.

– Oui, renchérit Doom, on est juste là au cas où vous auriez encore besoin de nous.

Gaan commença à gratter les pierres de la pointe de son outil.

– Je vais tracer des thun-lawz sur chaque élément de ce dallage. Deux thun-lawz appartenant au Chevaucheur : Elh pour attacher les pierres entre elles ; Lœgh, pour éloigner les dangers aquatiques. Ensuite, deux thun-lawz appartenant au Flamboyant : Radh, pour attirer la chance sur notre voyage ; Fœh, pour consolider l'action de Elh. Deux thun-lawz, enfin, appartenant à la Reine : Beorh, pour donner de la cohérence à mon assemblage de thun-lawz ; Wynh, pour renforcer leur action et l'unité de notre embarcation. J'activerai leurs pouvoirs avec des formules appropriées… et on pourra passer à la suite !

– Comment savez-vous qu'il faut employer un signe plutôt qu'un autre ? demanda Doom.

– L'expérience, mon garçon. Il existe vingt-quatre thun-lawz. Chaque thun-lawz peut servir à quatre usages, et des thun-lawz associés entre eux peuvent générer des pouvoirs encore différents. Pour ne rien simplifier, ils se répartissent en trois catégories, chacune étant associée à un élément, bois, fer ou pierre, et à un dieu, la Reine, le Maître de la Foudre ou le Chevaucheur. Pour toutes ces raisons, il est délicat de les manipuler et extrêmement difficile de les conjuguer harmonieusement. Cette jeune fille, Sheylis, en traçant sans réfléchir sur la peau d'Ægir des signes puissants, en est le parfait exemple.

– N'empêche que c'est grâce à elle qu'on est en vie, fit remarquer Ægir en prenant instinctivement sa défense.

Gaan sourit.

– Indirectement ! Mais tu as raison. Car il existe quelque chose de plus fort que les thun-lawz, de plus fort que les dieux eux-mêmes : le destin. L'acte de Sheylis a provoqué une série d'événements que personne ne contrôle et dont nous sommes les jouets aujourd'hui. Le destin nous a pris dans ses filets. La seule façon de nous en sortir, c'est d'en remonter le fil. Ah, ça y est, j'ai terminé !

Le vieil homme se redressa en gémissant.

– Mon pauvre dos ! Maintenant, la formule.

Le sorcier se mit à murmurer des mots dans une langue inconnue des deux garçons. C'était un langage râpeux et guttural ; il évoquait tour à tour, si on l'écoutait attentivement, les sons du bois frottant contre la pierre et ceux de la pierre grattée par un morceau de fer.

Ils frissonnèrent, comme s'il faisait plus froid tout d'un coup.

Sous leurs yeux écarquillés, les blocs irréguliers et grossièrement disposés sur le sol ondulèrent, se rapprochèrent pour fusionner et laisser place à une belle surface homogène, effilée à l'avant, de forme ovale et légèrement incurvée.

– Incroyable ! s'exclama Doom. Je retire tout ce que j'ai dit sur votre gâtisme.

– Trop aimable. Il reste cependant à terminer l'embarcation, dit Gaan. Avec le reste des pierres, je vous charge de monter un muret sur cette plate-forme.

Le bordage, assemblé tant bien que mal par les garçons, fut achevé de la même manière par le sorcier, grâce au graveur et au pouvoir des thun-lawz.

Doom et Ægir ne se lassaient pas de regarder Gaan travailler. Il y avait dans son assurance et l'agilité des doigts déformés par la vieillesse quelque chose dont ils se savaient incapables et qu'il fallait une vie pour acquérir.

Le sorcier leur réclama ensuite trois solides branches d'arbre de six pieds de long. Ils les dénichèrent parmi le bois flotté qui abondait sur la rive.

Gaan en prit une au hasard, fixa magiquement à son extrémité un galet effilé.

– Ce sera notre gouvernail, expliqua-t-il à Doom et Ægir, qui l'aidèrent à loger la branche dans l'encoche que le vieux sorcier avait ménagée à l'arrière. Le Fleuve va nous propulser, mais pas choisir l'itinéraire à notre place.

Ils disposaient à présent d'une embarcation de pierre, qui ressemblait davantage à un radeau qu'à un véritable bateau, mais assez résistant pour envisager un voyage à dos de Fleuve.

– Comment va-t-on le mettre à l'eau ? demanda Ægir. Avec votre magie ?

L'aveugle secoua la tête.

– Avec les deux autres branches que vous avez apportées… et la magie de vos bras !

Il semblait ravi de sa bonne blague. Doom et Ægir renoncèrent à protester. Ils empoignèrent les perches solides et les glissèrent sous le lourd radeau.

Ægir pesait de tout son poids sur sa perche.

– Fais attention à ne pas te blesser, lui lança Doom.

– Me blesser ?

– Il est vrai que Rosk-le-Borgne ne t'est pas très familier… Sais-tu comment il a obtenu son surnom ?

Ægir secoua la tête. Doom récita alors :

– J'ai voulu éloigner de la rive
l'embarcation captive.
J'ai fait un faux mouvement
et un morceau de pierre léger comme une feuille
a déchiré mon œil.
J'ai senti le sang
goutter sur mes lèvres et glisser sur ma peau.
Je suis monté à bord
semblable à un mort
et je me suis laissé prendre par le fil de l'eau…

– On est vraiment en train de suivre les traces de ton héros, s'émerveilla Ægir. C'est comme dans tes rêves !

– Grâce à Gaan. Mais ne lui dis jamais ! Prends garde à tes yeux, quand même. Ma chanson à moi s'intitule *Les Aventures d'Ægir-Peau-d'Ours*, pas d'*Ægir-n'a-qu'un-Œil*.

– Au lieu de bavarder, grommela le vieil homme, vous devriez jouer de vos muscles. Une fois sur le Fleuve, il sera toujours temps de vous prendre pour des poètes.

Doom lui tira la langue avant de mimer, bras tendus devant lui, les désarrois d'un aveugle. Malgré la cruauté de la scène, le scalde était si drôle qu'Ægir se retint pour ne pas éclater de rire.

À force d'efforts, de sueur et d'ahans, les garçons parvinrent à mettre le radeau à l'eau. Il flottait sur le Fleuve opaque comme les troncs d'arbres sur les torrents de montagne. Ægir avait du mal à le croire. Apercevoir au loin les bateaux était une chose ; assister de près au miracle, une autre.

– Vous pouvez m'expliquer à nouveau pourquoi la pierre ne coule pas ? demanda-t-il à ses amis, sans détacher son regard de l'onde métallique.

– C'est une histoire de densité et de texture, précisa Gaan.

– Doom dit que les poissons y vivent et qu'on peut s'y baigner sans danger.

– C'est encore vrai. Tout aussi incroyable, les déchets qu'on y jette disparaissent, et l'eau des rivières se mélange parfaitement au métal du Fleuve, sans jamais l'altérer. Ne me demande pas pourquoi, je n'en sais rien. Pourquoi la pierre est-elle dure et pourquoi le bois brûle-t-il ? Pourquoi le fer rouille et pourquoi la neige est froide ? C'est ainsi.

Gaan fut le premier à se hisser à bord, aidé par les jeunes gens. Doom lui fit passer leurs affaires, grimpa puis tendit la main à Ægir, qui le remercia d'un mouvement de tête. Bien des choses lui étaient arrivées en peu de temps, certaines dont il avait d'ailleurs à peine conscience. Mais confier sa vie à un radeau constitué de quelques galets et d'un peu de magie – une magie pratiquée de surcroît par un sorcier aveugle –, flottant sur une eau qui ne ressemblait pas à de l'eau, c'était beaucoup lui demander !

Il se tassa au fond de l'embarcation, se recouvrant de sa peau d'ours comme il avait l'habitude de le faire pour se sentir protégé.

Gaan avait gagné la proue. Il réajusta machinalement son écharpe noire autour de son cou pour se protéger du vent de la course lors de leur navigation. Son regard vide semblait fixé sur un monde qu'il était seul à voir.

Doom s'installa à l'arrière et s'empara de la barre, avec laquelle il manœuvra pour faire prendre le large à leur étonnante embarcation.

Le radeau de pierre s'éloigna tranquillement de la berge et glissa bientôt sans bruit sur le dos du Fleuve métallique.

33

Les Naatfarirs n'eurent pas à écumer la ville pour trouver la piste qu'ils cherchaient.

Tout le monde parlait encore de l'épisode survenu la veille, quand un Dakan sans collier s'en était pris à une bande de Baadalis qui cherchaient la bagarre.

Mais personne n'avait pu dire où il était parti ensuite. Des témoins affirmaient qu'il avait sauté dans le Fleuve, d'autres qu'il s'était enfui avec un vieillard sur l'épaule et un gamin sous le bras, d'autres encore qu'il avait repris forme humaine et avait continué tranquillement sa promenade dans les rues.

Ishkar avait écarté toutes les suppositions pour se focaliser sur une unique information : peu après l'affrontement entre le Dakan et les Baadalis, un chariot appartenant à la secte du Crâne avait discrètement quitté Ayhun.

Ishkar, comme tous les Naatfarirs et la plupart des habitants du royaume, se méfiait de ces prêtres, insaisissables et fuyants, dont les objectifs étaient aussi vagues qu'un horizon encombré par la brume. Avec leurs esprits tordus, ils étaient tout à fait capables de s'intéresser à un Dakan. Et puis, comment expliquer qu'il n'y ait pas eu de victimes ?

Un Dakan incontrôlé fait plus de dégâts qu'un incendie ravageant un village, résuma-t-il pour lui seul. *Or la magie d'un prêtre aurait très bien pu l'amadouer*.

– Que fait-on ? demanda Bishin.

Ils avaient rejoint Teresh et le Dakan près des chevaux.

– On suit les traces d'un chariot suspect faisant route vers l'Aval, dit Ishkar en scellant sa décision.

– Les Enfants du Crâne, grogna le sorcier noir en crachant lui aussi par terre. Ça leur ressemble bien ! Chiens puants.

– Tu crois qu'ils ont capturé le gosse ? demanda Teresh à Ishkar.

– C'est une possibilité. En fait, c'est notre meilleure piste. Ne perdons pas de temps. Il est inconcevable qu'un Dakan puisse servir d'autres maîtres que les Naatfarirs.

Les sabots des chevaux claquaient sur les pavés et résonnaient contre les murs des maisons blotties le long des ruelles étroites.

Ishkar aurait pu foncer en direction de la route qui prolongeait directement la principale artère de la ville vers l'Aval, mais il ne voulait pas s'exposer à un danger. Comment être sûr que les prêtres du Crâne n'avaient pas brouillé les pistes ? Il existait une autre voie, qui suivait la rive droite du Fleuve et qui était moins fréquentée, plus discrète.

Ishkar avait décidé de commencer la traque en éliminant tout risque d'erreur.

Quand ils furent revenus au pont de pierre qu'ils avaient franchi plus tôt dans la journée et qui constituait le seul point de passage du Fleuve à des lieues à la ronde, le chef des Naatfarirs mit pied à terre. Il fit signe au Dakan de le rejoindre et celui-ci obéit immédiatement. Le collier qu'il portait le poussait à se rendre sans réfléchir aux injonctions de ses maîtres.

Mais il fallait plus que cela pour solliciter les particularités qui lui valaient d'être asservi. Ishkar lança les mots de pouvoir, vibrants et rauques, qui activèrent les thun-lawz dénaturés, gravés sur le métal cerclant le cou du Dakan.

Celui-ci gémit, sous l'effet d'une brûlure invisible. Il ne se transforma pas. Le dressage qu'il avait subi et la magie qui était en œuvre étaient subtils et permettaient nombre de nuances. Le Dakan se mit à quatre pattes sur le sol et renifla le dallage qui couvrait le pont.

Il hésita à un endroit précis, huma le parapet et manifesta d'inhabituels signes d'excitation. Puis, avant qu'Ishkar décide de s'en inquiéter, il reprit son exploration.

Des badauds, décontenancés, s'approchèrent pour observer l'homme qui se comportait comme un chien.

– Vous voulez qu'il vienne vous renifler aussi ? railla Chakor-le-Noir, provoquant chez les curieux une retraite précipitée.

Finalement, le Dakan planta son regard fixe dans celui de son maître et secoua la tête.

– Le chariot du Crâne a emprunté la piste principale, dit Ishkar avec un léger sourire.

C'était une excellente nouvelle. Avec leurs chevaux, ils auraient vite fait de le rattraper.

– J'espère que ces prêtres ont le crâne solide, annonça Chakor en brandissant sa masse d'armes comme un défi.

Ou plutôt comme une sinistre promesse.

34

Suivant les conseils de Gaan, Doom mena le radeau de pierre au centre du Fleuve, en gardant un œil vigilant sur les remous et les autres embarcations qui suivaient le courant.

Il y en avait de toutes sortes : barges transportant des peaux de bêtes tannées, bateaux ventrus chargés de billes de bois, élégantes nefs où se tenaient des passagers richement vêtus, navires plus rustiques qui restaient près de la rive, afin d'embarquer et de débarquer les voyageurs, barques de pêcheurs, aussi, avec des hommes à la manœuvre près d'étranges filets lestés de galets.

Ces embarcations étaient faites de pierres soigneusement taillées et ajustées, qui leur conféraient une indiscutable majesté.

– C'est surprenant, dit Ægir. Tous les bateaux descendent le Fleuve. Je n'en vois aucun qui le remonte.

– Parce que c'est impossible, répondit Gaan. Le courant est trop puissant et le liquide, trop épais, pour permettre à des rames de manœuvrer. Quant aux vents dominants, ils accompagnent la marche du Fleuve.

– Mais alors, que deviennent-ils une fois qu'ils ont atteint l'Aval ?

– Les bateaux que tu peux apercevoir paraissent taillés d'un bloc. Il n'en est rien ! Chacun d'eux est le résultat d'un puzzle ingénieux, qui réclame un grand savoir-faire. Les pierres dont ils sont constitués s'ajustent parfaitement les unes aux autres, sans qu'il soit besoin de calfatage ou de magie. Après avoir parcouru le Fleuve, les bateaux sont démontés, chargés sur des chariots qui les acheminent vers l'Amont. Tout cela explique l'importance des trois corporations majeures du royaume : celle des tailleurs de pierre, celle des bateliers et celle des charretiers. Ainsi que la présence des deux routes le long du Fleuve.

– Y a-t-il des choses que vous ignorez ? ironisa Doom.

Le vieux sorcier répondit sans se fâcher :

– Une infinité, jeune scalde. Et heureusement ! J'ai simplement un peu plus d'avance que vous dans la vie. Il faut bien trouver des avantages à être vieux. Perdre la vue, sentir ses muscles s'affaisser, ses os ressembler à du bois mort, souffler pour quelques pas, craindre la venue d'un rhume… S'il fallait en plus ne rien avoir appris, à quoi bon ?

– Vous avez déjà descendu le Fleuve, Gaan ? demanda Ægir.

– Oui mon garçon. Plusieurs fois. Mais la première

ne s'oublie jamais. Alors sors un peu de ta peau d'ours et ouvre tes yeux et tes oreilles ! Profite de ce voyage. Dans le royaume, nombreux sont ceux qui ne connaissent le Fleuve que par les routes qui le longent.

Le regard de Doom pétilla.

– Je suis impatient de découvrir Kesh-la-Grande. J'en rêve depuis que je suis petit !

– C'est une grande ville ? demanda Ægir.

– La plus grande et la plus belle du royaume, répondit Doom. N'est-ce pas, Gaan ?

– Hum, fit le vieil homme qui, visiblement, ne partageait pas cet enthousiasme.

Le futur scalde ferma les yeux pour se concentrer, puis il déclama :

– Comme un puzzle renversé dans la poussière
telle m'est apparue Kesh l'Altière
au fur et à mesure que je m'approchais de la ville
sur l'onde tranquille.
Le long du Fleuve adamantin
surplombée
par des montagnes enneigées
la cité s'abritait derrière des murs d'airain...

– Vision de poète, bougonna Gaan. Rosk-le-Borgne était un doux rêveur.

– Et vous un vieux fou ! rétorqua Doom sur un ton acide.

– Sur ce point, tu as raison, reconnut le sorcier.

Allons, la description que le Voyageur donne de la Cité du Roi-Dragon en vaut une autre. Accepte mes excuses, Doom, si je t'ai blessé.

Une rougeur monta aux joues du garçon. Encore une fois, la réaction du vieil homme, la facilité avec laquelle il acceptait d'avoir tort, le déstabilisait. Il se sentit bête.

– Il n'y a pas de mal, Gaan. C'est moi qui me suis emporté. Mais j'aime tellement cette épopée…

Avec la même aisance que dans la clairière pour rejoindre Ægir, l'aveugle s'approcha de Doom et lui serra gentiment l'épaule.

– Cette passion t'honore, Doom. Quel scalde ferais-tu si tu n'étais pas prêt à tout pour un poème ?

– Ah ! Je ne suis plus un musicien médiocre ?

– Si. Mais tu as des années devant toi pour t'améliorer !

35

Sahr'sâ tira sur les rênes de sa monture, laissant le chariot et son escorte de guerriers kaafris le dépasser.

– Que se passe-t-il ? vint s'enquérir Lagh'sâ.

Le prêtre du Crâne ne répondit pas. Il se contenta de tirer sur la chaîne de son pendentif et de sortir de son manteau le bijou en forme de crâne.

Celui-ci brillait d'une lumière rouge qui pulsait lentement.

– Des ennemis nous ont pris en chasse, annonça Sahr'sâ à voix haute pour annoncer officiellement l'événement, car son acolyte avait déjà parfaitement compris la menace.

– Difficile de forcer l'allure avec le chariot, dit Lahg'sâ. Quant à notre escorte, elle est capable de repousser une petite bande de pillards, mais pas une compagnie lourdement armée. Si tel était le cas…

Sahr'sâ secoua la tête.

– Le pouvoir du Crâne ne va pas jusqu'à révéler le nombre des poursuivants. Ils peuvent être deux, dix, cent, il pulsera pareillement. Il s'active, en revanche, quand la menace franchit le périmètre de sept lieues.

Le prêtre se mit à réfléchir.

– Nous avons une demi-journée d'avance sur des cavaliers, un peu plus sur des bateliers et le double sur des gens à pied. Éliminons les piétons : ce n'est pas la meilleure manière de poursuivre quelqu'un. Si l'on nous a pris en chasse à partir d'Ayhun, le Fleuve reste une option plausible. Il suffirait de quitter la route en restant sur une piste roulante. Voyons...

– Il y a le chemin des Trois Montagnes, suggéra Lagh'sâ. Il nous fera perdre une journée mais nous éloignera du Fleuve.

– Excellent, approuva Sahr'sâ. Maintenant, imaginons des cavaliers lancés à nos trousses : prends deux Kaafris avec toi, choisis n'importe quel chariot sur la route principale et fabrique un sort de semblance. Puis rejoignez-nous au carrefour en effaçant toutes nos traces.

Habitué à obéir et à agir, Lahg'sâ fit signe à deux guerriers de le suivre. Sans les attendre, il éperonna son cheval.

Resté seul, Sahr'sâ fronça les sourcils. Qui donc les avait pris en chasse et pourquoi ? De zélés fidèles des dieux du royaume ? Des ennemis des Kaafris ? La famille d'une des filles ? Peu importait, en fin de compte. Il devait se préparer au pire et surtout en réchapper, à n'importe quel prix. La mission qu'on lui avait confiée était d'une importance cruciale. Le temps de la prophétie approchait…

36

Ægir accepta de suivre les conseils de Gaan

Il sortit de sa peau d'ours et se rapprocha du bord.

– Vous êtes sûr que nous sommes toujours sur la piste de Sheylis ? demanda-t-il en s'accoudant sur le bastingage. On ne va pas la perdre ?

– Ne t'inquiète pas, dit Gaan. Le lien que j'ai tissé avec ton amie est suffisamment solide. Moins que celui qui vous relie tous les deux, mais plus sensible.

– Vous pensez qu'elle réagira comment quand on l'aura retrouvée ? Elle acceptera de nous suivre à Kesh-la-Grande ?

C'était ça qui tourmentait le garçon. Serait-elle contente de le revoir ? ennuyée ? en colère ? Et ensuite, que faudrait-il dire, quelles explications donner ?

« Bonjour, je suis un Dakan, tu as provoqué ma transformation en jouant avec tes thun-lawz et tu as créé en même temps le sort qui m'attire vers toi. Je voyage en compagnie d'un scalde qui chante faux et d'un sorcier aveugle. Et toi, ça va ? »

– Il se passera ce qui doit se passer, c'est tout, répondit Gaan. Inutile d'y réfléchir.

Mais Ægir bouillonnait de questions. Pourquoi était-il un Dakan ? En quoi l'ami du vieux Gaan, à Kesh-la-Grande, pouvait-il arranger la situation ? Est-ce que l'état de Dakan se soignait ? Et après, que deviendrait-il ? Serait-il autorisé à repartir librement ? Pourrait-il rester avec Doom ? Et qu'arriverait-il au groupe ?

Quand il était dans sa cage, une seule idée l'occupait : s'évader. Depuis son évasion, ses problèmes s'étaient multipliés.

L'avenir lui sembla tout à coup bien compliqué.

Il se pencha au-dessus de l'eau métallique et laissa son regard s'enfuir dans les reflets du ciel. Machinalement, sa main effleura la surface. Aussitôt, le liquide argenté grimpa le long de ses doigts et vint caresser sa paume. Ægir poussa un cri de surprise.

– Qu'est-ce qui se passe ? s'inquiéta Doom en abandonnant la barre pour voler au secours de son ami.

– Ce n'est rien, s'excusa-t-il. Je ne m'attendais pas à ce que l'eau fasse ça, c'est tout.

– Fasse quoi ? intervint Gaan.

La réaction d'Ægir avait l'air de beaucoup l'intéresser.

– Je l'ai touchée et elle est montée dans ma main. On aurait dit qu'elle était vivante. L'eau du Fleuve est vivante, Gaan ?

L'aveugle s'ébroua.

– Non, non. Enfin, je ne sais pas. Je te l'ai dit, le Fleuve reste un mystère.

Doom plongea sans attendre sa main dans le liquide argenté.

– Il ne se passe rien, constata-t-il, déçu. Tu es sûr que tu n'as pas rêvé ?

Ægir hésita mais voulut en avoir le cœur net. Il laissa traîner un doigt sur la surface métallique. Le liquide resta parfaitement inerte.

– Je le savais, dit doucement Doom en glissant un regard compatissant vers son ami. Bon, je reprends la barre. Ægir, si tu veux mon avis, tu devrais aller dormir.

– Doom n'a pas tort, approuva Gaan. Reposons-nous tant que nous le pouvons. Je ne sais pas où elle se rend, mais si Sheylis décide de quitter la route pour une piste de montagne, nous serons obligés de nous remettre à marcher.

Ægir ne se fit pas prier et regagna le fond du radeau.

De nouveau à l'abri de sa peau d'ours, il observa sa main. Il n'avait pas rêvé. Il sentait encore la caresse, la chaleur bienfaisante de l'eau métallique sur sa chair. Qu'est-ce que ça voulait dire ? Et pourquoi le même phénomène ne s'était-il pas produit quand Doom l'avait mis au défi ? Il soupira encore. De nouvelles questions venaient grossir le nombre de celles qui l'étouffaient déjà.

Ni Ægir sous sa peau d'ours, ni Doom concentré sur

la trajectoire du radeau de pierre ne remarquèrent l'air profondément étonné et presque joyeux que Gaan afficha un long moment avant de reprendre son expression habituelle.

37

Ishkar rageait intérieurement contre l'état déplorable de la chaussée.

À cause des trous, des pavés bancals et, bien sûr, de la présence de nombreux voyageurs, les cavaliers ne pouvaient galoper comme ils l'auraient voulu. Les bas-côtés étaient eux aussi défoncés, incitant les marcheurs à emprunter la voie ordinairement réservée aux véhicules et aux chevaux.

Pour ne rien arranger, les chocs de la piste provoquaient dans son bras blessé, qu'il portait toujours en écharpe, des élancements douloureux.

Le chef naatfarir quittait rarement les hauts plateaux qui avaient été cédés à son peuple, il y a bien longtemps, par le premier Roi-Dragon. La colère d'être retardé dans sa traque fut peu à peu chassée par un profond malaise.

Le royaume est délaissé, songea-t-il, étonné, tandis que les signes s'amoncelaient pour lui donner raison.

Artère principale de Terre-Dragon, le Fleuve et ses abords étaient de première importance pour tous les habitants, quels qu'ils fussent. Or les routes semblaient à l'abandon et les berges n'étaient pas entretenues. Certes, le Roi-Dragon n'apparaissait plus en public depuis longtemps (lui-même ne l'avait jamais vu), mais il existait des corporations chargées d'assurer la pérennité des chaussées. Est-ce qu'elles périclitaient elles aussi ? S'étaient-elles tournées vers leurs seuls intérêts ?

Son malaise laissa de nouveau la place à de la colère. Une colère qui n'était plus tournée vers le cortège de marcheurs qui le gênaient dans sa poursuite.

Les Naatfarirs n'avaient jamais failli dans la mission qui leur avait été confiée. Les corporations, ainsi que les peuples et les clans, devaient respecter elles aussi leurs engagements.

Il y allait de la survie du royaume.

38

– On quitte la route principale, annonça Sheylis en collant son visage aux barreaux. On s'éloigne du Fleuve.

Le chariot s'était engagé sur une piste étroite qui s'élevait à flanc de montagne au milieu d'un vaste pierrier parsemé de quelques rares buissons d'épines. Les bœufs laineux avaient ralenti leur allure et employaient toutes leurs forces à venir à bout de la pente.

– Le Fleuve ou les montagnes, qu'est-ce que ça change pour nous ? soupira Naabin.

Sheylis quitta son poste d'observation et vint s'asseoir à côté de la jeune fille. L'abattement de sa compagne de cellule lui mettait les nerfs à vif.

– S'apitoyer sur son sort n'a jamais fait avancer les choses, dit-elle sèchement.

– Qu'est ce que tu voudrais que je fasse ? Toute ma vie, j'ai subi ce qui m'arrivait. Mon travail à l'auberge hier, le Crâne aujourd'hui…

Sheylis prit une grande inspiration.

– Quand nous avons déménagé, ma mère ne m'a pas consultée. Lorsqu'elle m'a abandonnée à ma grand-mère, elle ne m'a pas non plus demandé ce que j'en pensais. Et puis quand j'ai… quand je suis partie pour Ayhun, je n'ai pas choisi non plus de tomber entre les mains du Crâne. Maintenant, je suis là, dans ce chariot.

Elle s'empara de la main de Naabin et la serra avec force.

– Je ne peux pas dire que j'ai été plus libre que toi, continua-t-elle. Le monde n'est pas tendre, Naabin. Nous l'avons constaté toutes les deux. Mais ce n'est pas une raison pour se laisser aller. Ou alors, autant en finir tout de suite. C'est ça que tu veux ? Mourir ?

Naabin secoua la tête.

– Alors ressaisis-toi et tiens-toi prête. Si l'occasion se présente de reprendre la main sur ton destin, tu ne pourras pas le faire dans ton état. Je veux bien t'aider, mais il faut que tu y mettes du tien !

Elle vit s'allumer une étincelle d'espoir dans les yeux de la jeune fille.

C'était un début.

Aussi Sheylis-Mauvais-Œil renonça-t-elle à lui livrer son secret : depuis qu'elle était dans ce chariot, elle priait régulièrement les dieux pour que la poisse ait perdu sa trace à Ayhun…

39

Les pensées de Doom virevoltaient.

Sur les vingt et un chants que comptait l'œuvre de Rosk-le-Borgne, pas moins de cinq étaient consacrés à Kesh-la-Grande, contre sept à des aventures montagnardes et neuf au voyage sur le Fleuve (l'ensemble s'appelait d'ailleurs *Le Chant du Fleuve*).

Le jeune scalde s'imaginait déjà suivre à la lettre l'itinéraire du poète dans la capitale du royaume. Se rendre sur la place du Grand Marché, au pied de la tour Pastel, dans le jardin du Maître des Sorts, devant le tombeau du Seigneur des Vents ! Doom s'exaltait. Lui qui s'était résolu, au départ, faute de moyens suffisants, à marcher le long du Fleuve, voilà qu'il se trouvait, comme Rosk en son temps, en train de naviguer dessus.

Et, mieux encore, il avait la matière pour rivaliser avec son grand homme : un garçon au destin tragique et à la nature exceptionnelle (le seul Dakan en liberté de tout le royaume), lié par un enchantement à une fille mystérieuse. Si l'on ajoutait à cela un vieux sorcier, certes aveugle et agaçant, mais capable de tisser les pierres, les ingrédients étaient réunis pour que lui, Doom-le-Scalde, devienne le Rosk-le-Borgne de son époque.

Son regard se posa sur Ægir qui somnolait dans sa peau d'ours, au fond du radeau. Il fut touché par sa fragilité. Son ami avait beau être capable de se transformer en monstre de deux mètres, quand il reposait sous sa forme humaine il ne semblait guère plus solide qu'une pellicule de glace sur une flaque d'eau.

Doom sentit monter l'inspiration et fredonna :

– Ægir-Peau-d'Ours au fond du radeau
n'avait que la peau sur les os.
Heureusement pour lui
son ami
veillait
émerveillé…

– Doom, mon garçon ! Arrête de nous écorcher les tympans et reprends un peu tes esprits, veux-tu ? le héla soudain Gaan, qui jouait la vigie aveugle à la proue. On va se faire harponner par un bateau !

Doom donna un coup à la barre pour éloigner le radeau d'une barge dont la route allait couper la leur.

– J'avais vu, mentit le garçon. Mais vous, comment vous avez fait ?

– J'ai des oreilles, petit, hélas ! Une étrave qui fend le courant fait un bruit caractéristique. Maintenant, vois-tu un endroit où nous pourrions débarquer, sur la rive gauche ?

– Il y a une plage de galets, à une centaine de pas.

– Allons-y ! Sheylis a quitté l'axe du Fleuve. Il va falloir se remettre à marcher. Et débrouille-toi pour que notre radeau morde la berge.

– Ça va, j'ai compris, grommela Doom tout en obéissant au vieil homme.

Puis il reprit, plus doucement :

– Ægir-Peau-d'Ours était maudit des dieux
car il devait se coltiner un vieillard odieux.
Teigneux et sarcastique était l'aveugle…

– C'*est ce que disait l'enfant qui beugle* ! le coupa Gaan. J'ai toujours mes oreilles, insolent. Dépêche-toi plutôt de gagner la rive, sinon notre piste va s'évanouir.

40

Ishkar aperçut sur la route le chariot qu'ils poursuivaient depuis l'aube.

Il força l'allure, obligeant les voyageurs à s'écarter. Indifférent aux cris et aux insultes soulevés par son passage, il n'avait que cet objectif en tête : récupérer le jeune Dakan.

Il sortit de la fonte de sa selle le collier de servitude spécialement forgé pour le garçon et se tint prêt.

Il savait, sans avoir besoin de se retourner, que ses hommes le talonnaient : le Dakan grâce à l'injonction de son propre collier ; Bishin et Teresh par loyauté, pour le protéger ; Chakor-le-Noir, par haine viscérale de la secte du Crâne (quoi que les prêtres aient pu lui faire dans le passé, le sorcier comptait bien aujourd'hui régler quelques comptes).

C'est seulement en arrivant à proximité du chariot qu'Ishkar comprit qu'il s'était fait piéger. Le véhicule en question ne ressemblait en rien à un coche. Il transportait des barriques de bière, entassées les unes sur les autres et maintenues par un filet de corde. Le regard apeuré que leur jetèrent le conducteur et son assistant confirma, s'il en était besoin, qu'ils n'avaient pas suivi la bonne piste.

– Par l'œil perdu du vieux Rosk ! jura Teresh. De loin, on aurait vraiment dit un chariot-prison. Par quelle diablerie…

– Celle du Crâne, répondit Chakor qui avait mis pied à terre et observait les signes gravés dans le bois à l'arrière de la carriole. Je ne connais pas les symboles qu'ils ont utilisés, mais une magie est à l'œuvre, je peux clairement le sentir.

– Une magie qui nous aurait fait prendre un transport de barriques pour un chariot du Crâne ? demanda Ishkar.

– Manifestement, le sort apposé sur cette carriole a créé une illusion parfaite, confirma le sorcier noir en crachant par terre. Ce sort a même reproduit les traces que nous suivons depuis Ayhun.

– On les a perdus, dit Bishin, le visage sombre.

Les deux guerriers et le sorcier se tournèrent vers Ishkar, qui réfléchissait sans laisser sa contrariété obscurcir son jugement.

– Combien d'autres routes avons-nous croisées jusqu'ici ? demanda-t-il.

– Cinq, répondit aussitôt Teresh. Mais une seule est capable de supporter les dimensions d'un chariot : celle des Trois Montagnes.

– Ils l'ont empruntée et ils ont essayé d'effacer leurs traces, dit Ishkar. Cela signifie qu'ils se savent poursuivis. Ou qu'ils craignent de l'être. Dans tous les cas, ils n'ont pas la conscience tranquille.

– Ces maudits prêtres n'ont pas de conscience, gronda Chakor avant d'être réduit au silence par un regard du chef naatfarir.

– Nous allons rebrousser chemin et prendre la direction des montagnes, annonça Ishkar. Mais avant, il faut nous assurer que le Crâne n'anticipera pas notre réaction si c'est bien la magie qui leur a révélé que nous étions sur leurs traces.

Chakor observa le guerrier, s'attardant malgré lui sur la vilaine cicatrice qui barrait son visage. La façon qu'il avait de réfléchir aux multiples facettes d'un problème lui plaisait. Il était différent de la plupart des brutes qui, selon lui, composaient la tribu des Naatfarirs, et Chakor se surprit à éprouver pour Ishkar un début d'estime.

Il partageait la vie des guerriers de l'Est depuis trois longues années. S'il n'aimait pas autant l'argent qui lui permettait d'assumer ses vices (la boisson et la bonne chère), il les aurait déjà quittés, sans état d'âme. Les Naatfarirs avaient plus besoin de lui, que lui des Naatfarirs. À la décennie d'apprentissage que nécessitait la maîtrise des thun-lawz, les jeunes gens talentueux préféraient aujourd'hui le commerce et l'argent facile. Les sorciers noirs se faisaient rares.

Une saison auparavant, alors qu'il se demandait s'il n'allait pas retourner chez lui, du côté de Kesh-la-Grande, Chakor avait été promu au service des

Dakans. Il avait décidé de prolonger son engagement. Pour l'instant, il ne regrettait pas son choix.

– Le Noir, l'interrompit dans ses réflexions le chef de l'expédition, te sens-tu capable de leurrer à ton tour les leurres des prêtres ? De les prendre à leur propre jeu, afin qu'ils nous imaginent toujours lancés sur une piste imaginaire ?

Un souvenir ancien mais toujours vif vint embraser l'esprit du sorcier. Des hommes et des femmes s'y tordaient, environnés de grandes flammes rouges. Chakor réprima un frisson et ses yeux se plissèrent, brillant d'une lueur impitoyable.

– Non seulement j'en suis capable, Ishkar-Joue-Fendue, mais je vais prendre un malin plaisir à les mystifier.

Troisième partie

(…) *Les vagues m'ont poussé contre la plage*
et le radeau a mordu le rivage.
Près d'un rocher gravé
j'ai posé le pied sur la terre.
Comme je n'avais rien d'autre à faire
j'ai déchiffré les scènes sculptées.
Elles racontaient les exploits épars
des chasseurs de Qamdars
égarés dans ce désert.
Dans un coin j'ai cru voir dessiné les contours d'un radeau de pierre.
Et puis le vent m'a rapporté
le chant d'une voix fatiguée. (…)

Je suis allé au-delà des cols où se battent les vents.
J'ai jeté une poignée de fougères
dans le feu brûlant
pour éloigner les esprits mortifères.
J'ai grimpé le long des ravines
pour défier les colères divines… (…)

J'ai su alors
que le pays d'Oqam-le-Fort
abrite sous la terre
des morts en colère.
Qu'en deçà des marais de Mingoras
s'étendent les terres de chasse
d'une légion
de démons. (…)

Le Chant du *Fleuve* ou *Voyage de Rosk-le-Borgne*
(extraits des chants II et IV)

41

Le radeau fut tiré tant bien que mal sur la rive.

Doom et Ægir, suivant encore les indications du sorcier, le recouvrirent de bois flotté. Comme l'avait expliqué le vieux Gaan, les embarcations capables de naviguer sur le Fleuve métallique coûtaient cher. Si la leur était découverte, elle serait sûrement volée.

À présent, de loin, on aurait dit un amoncellement tout à fait convaincant de branches mortes déposées sur la berge par le courant.

– Vous auriez pu en fabriquer un autre, dit Doom.

– Tu n'imagines pas l'énergie que réclame l'exercice de la magie, soupira Gaan. Si je peux éviter de tout recommencer, je ne m'en porterai pas plus mal…

– On ne peut pas se rendre à Kesh-la-Grande autrement que par le Fleuve ? demanda Ægir en faisant la grimace.

Le garçon se sentait mieux depuis qu'il avait retrouvé la terre ferme.

– L'autre moyen, c'est la route, répondit Gaan. Je

doute que tu sautes de joie à la pensée de devoir marcher pendant des semaines… Maintenant, il faut y aller, si l'on ne veut pas que la fille disparaisse définitivement !

Doom entreprit de dissimuler son paquetage sous les branchages.

Au moment de se défaire de son luth, il hésita. Sang de Borgne ! Était-il scalde, oui ou non ? Même le vieux Gaan, délaissant un temps ses sarcasmes, l'avait reconnu. Or un scalde, un vrai, ne voyage pas sans instrument.

D'un geste décidé, il arrima solidement le luth sur ses épaules et rejoignit ses amis.

Depuis que Gaan avait mentionné Sheylis, Ægir avait complètement oublié le Fleuve et accablait le vieil homme de questions.

– Elle va bien ? Elle va loin ?

– C'est difficile à dire. Le lien est ténu. Une chose est sûre : elle a quitté l'axe du Fleuve pour s'enfoncer dans les montagnes. Je ne sais pas quelle piste elle a empruntée et ce serait trop long de le découvrir. Mais on peut la rattraper en prenant un raccourci.

– Un raccourci ?

– Oui, dit le sorcier, un sentier difficile, qu'utilisaient les hommes du royaume avant l'arrivée du Roi-Dragon.

– C'est votre époque, ça, non ? intervint Doom d'un air faussement ingénu.

Gaan ne releva pas directement la pique, mais son

regard vitreux s'attarda sur le garçon, qui se retint pour ne pas frissonner.

Doom, mon vieux, se raisonna-t-il, *il faut te calmer. C'est un sorcier, Sang de Borgne ! Tu tiens vraiment à finir tes jours en crapaud ?*

– Je ne comprends pas, reprit Ægir en secouant la tête. Comment vous arrivez à vous repérer sans voir ? Comment vous avez su que c'était là qu'il fallait aborder ?

– Je te l'ai dit, d'autres sens peuvent suppléer à la vue.

Les deux garçons se tinrent cois. Ægir parce qu'il essayait d'imaginer comment Gaan pouvait voir sans ses yeux, Doom parce qu'une autre insolence lui brûlait les lèvres et qu'elle allait à l'encontre des conseils de prudence qu'il s'était lui-même adressés.

Le trio rejoignit la route en se frayant un passage au milieu des buissons.

Ils se mêlèrent de nouveau à la foule des marcheurs qui arpentaient la chaussée, croisant les chariots qui remontaient les pièces des navires vers l'Amont. Doom et Ægir, ayant encore en tête les explications du vieux Gaan à propos des corporations qui œuvraient autour du Fleuve, les considérèrent avec curiosité.

Enfin, à une demi-lieue environ de la plage où ils avaient abandonné le radeau, Gaan fit halte dans un virage. Il franchit le fossé avec une aisance surprenante et se mit à explorer l'autre côté.

– Vous cherchez quelque chose de précis ? demanda Ægir.

– Une longue pierre dressée... Ah ! ça y est !

Gaan tapa avec son bâton sur un menhir à demi penché.

– Le sentier commence là-derrière, dit-il.

Doom se précipita.

– Il y a une trace, en effet. Mais il n'a pas l'air très fréquenté, votre sentier.

– C'est parce qu'il est tombé dans l'oubli et qu'il est périlleux, expliqua Gaan en désignant d'un mouvement de la main les parois abruptes des montagnes qui, à cet endroit de la vallée, obligeaient la route à se rapprocher du Fleuve.

42

Sahr'sâ tenait sa monture au pas, même si l'envie d'accélérer le démangeait.

La nuit allait tomber et il voulait mettre le plus de distance possible entre le convoi et le Fleuve. Bientôt, il serait dangereux de continuer. La piste était trop approximative pour qu'un véhicule large comme le leur se déplace en pleine nuit. Les bœufs laineux étaient de braves bêtes, endurantes et dociles, mais ils voyaient mal dans l'obscurité.

L'obscurité. Il y avait souvent pensé au cours de son noviciat. C'était même la peur, la peur de l'ombre qui l'avait poussé à rejoindre le Crâne. Sahr'sâ se permit un sourire en se rappelant ces angoisses d'un autre temps. À présent l'obscurité était une amie. Une alliée.

Longtemps il avait cru que la foi nouvelle qu'il avait embrassée, rejetant les anciens dieux, œuvrait dans les ténèbres. Il avait ensuite révisé son jugement et s'était imaginé que le Crâne travaillait pour les ténèbres. Aujourd'hui, il savait qu'il s'était doublement trompé : car c'étaient les ténèbres qui servaient la cause du Crâne.

Le bruit d'une cavalcade, derrière lui, l'arracha à ses pensées. Il empoigna la canne de pouvoir, ornée du symbole de la secte, et fit volte-face. Mais ses craintes s'évanouirent lorsqu'il reconnut Lahg'sâ et les deux Kaafris qui l'escortaient.

– C'est fait, dit sobrement le prêtre en calmant avec des caresses le cheval qui tremblait.

Sahr'sâ sortit le crâne en pendentif de son manteau rouge : il ne brillait plus.

– Notre subterfuge a fonctionné, se réjouit-il.

Il éperonna aussitôt sa monture et partit en avant à la recherche d'un lieu approprié pour le bivouac.

Quelques centaines de coudées plus loin, le chemin quittait l'univers de rocaille qui les environnait depuis leur sortie de la vallée. Une futaie, propice à la halte, s'étendait en bordure de plateau. Sahr'sâ repéra vite une clairière capable d'accueillir chariot, hommes et bêtes. Le sol était moelleux, le bois mort abondant. Pour compléter ce tableau idyllique, une source jaillissait d'un tertre proche.

Alentour, disséminés au milieu des arbres où dominaient les pins-résine et les bouleaux, des tumulus couverts de mousse ressemblaient à de gigantesques fourmilières.

Les Kaafris mirent pied à terre et s'attelèrent immédiatement aux tâches indispensables. Les bœufs laineux furent libérés de leur joug, les chevaux de leurs harnais. Ceux qui avaient particulièrement transpiré furent bouchonnés.

Ils allumèrent un grand feu en prévision de la fraîcheur de la nuit, ainsi qu'un autre, plus petit, pour la cuisine.

Les hommes profitèrent de la source pour se rincer de la poussière du trajet.

Puis, tandis qu'un guerrier préparait le repas, les Kaafris se défièrent au javelot dans des concours d'adresse.

Les prêtres restèrent entre eux, échangeant des propos à voix basse.

Enfin, ce fut l'heure d'aller chercher les prisonnières.

43

Gaan n'avait pas menti.

Le chemin sur lequel il les avait entraînés se révélait épouvantablement hasardeux. À tel point que Doom était obligé de jouer l'éclaireur, laissant Ægir guider le vieil aveugle qui touchait, dans cette épreuve, aux limites de son exceptionnelle autonomie.

Leur itinéraire avait commencé à flanc de montagne, au milieu d'un interminable et instable pierrier. Doom repérait le sentier au milieu de la rocaille et Ægir, tenant leur mentor par la main, dégageait du pied les obstacles qui l'auraient fait trébucher.

Tout cela épuisait le jeune garçon. Il ignorait jusqu'à quel point sa transformation en Dakan avait puisé dans ses maigres réserves, mais il se sentait dans un état de fatigue continuel. Sur le Fleuve, après l'épisode du liquide argenté venu inexplicablement s'enrouler autour de sa main, il avait passé son temps à somnoler. Quel piètre compagnon de voyage il faisait ! Et Doom qui s'obstinait à vouloir écrire une saga en son honneur… Il ne savait plus s'il fallait en rire ou bien considérer cette obsession comme un poignant témoignage d'amitié.

Heureusement, les choses s'étaient arrangées avec l'ascension de la falaise.

De loin, il semblait impossible qu'un sentier puisse courir sur la paroi abrupte. Mais il existait bel et bien. Devant leur surprise, Gaan leur avait fait remarquer qu'il n'était pas complètement gâteux, ce à quoi Doom avait répondu qu'un nouveau dieu était apparu dans le royaume, celui des vieillards insupportables. Gaan avait ri avant d'écraser le pied du garçon avec son bâton puis de se confondre en excuses qui sonnaient faux.

Dans sa partie la plus large, le chemin ne faisait guère plus d'une coudée, mais c'était assez pour marcher sans risque. Il suffisait à Ægir de tenir l'aveugle d'une main et, de l'autre, de s'aider de la paroi pour progresser. À quoi pouvait servir un tel passage alors qu'existaient des pistes, certes plus longues mais aussi plus sûres, pour se rendre aux mêmes endroits ? Ægir se rappela que le sentier datait d'une époque où les routes n'existaient pas.

Doom, lui, harcelait ses amis pour que la partie la plus difficile de l'ascension se termine avant le coucher du soleil. Ce fut malheureusement peine perdue. Bien que relativement sûr, le sentier était pentu, et ni Gaan ni Ægir ne possédaient le souffle et l'endurance du scalde.

Ils n'étaient pas encore sortis de la paroi que

l'obscurité fit son apparition, lentement mais irrémédiablement.

– Sang de Borgne ! gronda Doom. Tous ces efforts pour rien !

– La nuit approche, c'est ça ? s'enquit Gaan.

– Oui, grand-père. Et il reste quoi ? Allez, à vue de nez, au moins cinq cents pas avant de déboucher sur le plateau que vous nous avez annoncé !

– Tu vois un espace où l'on pourrait se reposer ? demanda Ægir sans y croire.

– Rien d'autre que ce maudit sentier taillé dans la roche, grommela Doom en fronçant les sourcils. On se croirait de nouveau plongés dans la saga de Rosk-le-Borgne !

– Qu'est ce que tu veux dire ?

Doom se mit à réciter :

– J'ai emprunté
un sentier
le long d'un précipice.
J'ai grimpé
appuyé
sur une canne d'aruspice...

– Le chant VIII, si je ne m'abuse, commenta Gaan que l'obscurité ne semblait guère inquiéter.

– Exact, reconnut Doom avec surprise, avant d'avoir l'esprit de nouveau accaparé par le problème que posait l'apparition de la nuit.

Car la pénombre, atténuant le relief, rendait le trajet beaucoup plus risqué. Un faux pas et c'était la chute, fatale. Incapables d'avancer, ils ne pouvaient pas non plus s'arrêter. Attendre l'aube sans bouger, c'était prendre le risque de s'assoupir et de glisser dans le vide.

Plusieurs mots claquèrent dans la même langue étrange que Gaan avait employée, au bord du Fleuve métallique, pour tisser les pierres entre elles. Cette fois-ci, le vieux sorcier avait utilisé les mots de pouvoir non plus à la façon d'un fil et d'une aiguille, mais comme deux pierres que l'on aurait heurtées pour faire jaillir des étincelles.

Presque aussitôt, une boule de lumière naquit au sommet de son bâton, puis grandit jusqu'à englober le trio dans un halo de lumière bleutée.

– Y vois-tu assez pour continuer ta route, mon garçon ? demanda-t-il à Doom avec une pointe d'ironie.

Doom grommela pour la forme mais éprouva un intense soulagement. Grâce au vieil homme, ils allaient peut-être venir à bout de cet impossible sentier.

44

Sheylis et Naabin furent emmenées près du grand feu.

On leur permit de se réchauffer, en attendant le repas qui serait servi dans une assiette commune. L'atmosphère était à la détente.

Un Kaafris s'activait au-dessus d'un chaudron ; ses congénères, à l'écart des flammes, plaisantaient entre eux.

Lahg'sâ était invisible.

Sahr'sâ, quant à lui, était assis devant les flammes. Il fit signe aux jeunes filles de le rejoindre. Sheylis, imitée par Naabin, accepta, après une hésitation que remarqua le prêtre.

– Ce n'est pas moi dont vous devez avoir peur, commença-t-il, mais des autres, du reste du monde.

– Ce n'est pas le reste du monde qui nous a enlevées et qui nous retient prisonnières, répondit Sheylis en enveloppant Sahr'sâ d'un regard méprisant.

Celui-ci se mit à rire, au grand soulagement de Naabin, qui imaginait déjà son amie punie pour son insolence. Le prêtre prit le temps de rajuster la broche qui tenait ses cheveux serrés en chignon sur la nuque et de passer la main sur sa barbe, dans un geste que l'on devinait machinal.

– Il est vrai que les apparences sont contre moi, reconnut-il. Pourtant, je vous assure que je veux votre bien.

– En ce cas, dit Sheylis, libérez-nous !

– Oh, vous serez libérées, croyez-moi. Mais pas ici ni maintenant. Et pas par moi.

Le silence tomba, troublé par les craquements du bois dans le feu et les éclats de voix des Kaafris.

Les deux jeunes filles restèrent muettes. C'était agréable de se trouver près du feu. Ni Sheylis ni même Naabin n'étaient pressées de retourner dans leur chariot. En se taisant, elles prolongeaient ce moment.

– Les Enfants du Crâne, dit doucement Sahr'sâ, les faisant sursauter, ne sont pas ce que les gens du royaume imaginent…

Le silence retomba et Sheylis se demanda si Sahr'sâ allait poursuivre ses confidences. L'attitude du prêtre l'étonnait. Il les avait invitées à le rejoindre et s'adressait amicalement à elles. L'épisode de la tentative d'évasion semblait bel et bien oublié.

Sahr'sâ, après avoir laissé son regard errer dans les flammes, reprit son monologue.

– Le Crâne est puissant. Il est bienveillant, pour ses

fidèles en tout cas ! Les dieux du royaume, eux, sont mourants. Ça se voit partout ; un monde disparaît.

Le prêtre fit une nouvelle pause, ignorant la grimace indignée des jeunes filles.

– Offrir sa foi au Crâne, continua-t-il, c'est regarder l'avenir. Continuer d'adorer la sorcière, la brute et le souffleur, c'est s'accrocher à un passé révolu.

Sheylis s'était instinctivement raidie en entendant Sahr'sâ insulter les dieux. Elle se tint néanmoins coite. Elle voyait enfin clair dans le jeu du prêtre ! Il n'y avait rien d'amical chez lui. Ses paroles n'étaient qu'une provocation destinée à les perdre un peu plus. Il était hors de question qu'elle lui fasse le plaisir de tomber dans son piège !

Sahr'sâ prit un ton grave.

– Je constate que je vous choque. J'en suis désolé. Il existe une prophétie qui fonde les croyances du Crâne. Cette prophétie, en s'accomplissant, validera mes propos et prouvera aux gens du royaume la puissance de notre foi. Vous serez d'ailleurs aux premières loges pour le constater.

Sheylis ouvrit la bouche, prête à s'insurger. Heureusement, le cuisinier kaafris arriva à point nommé avec un plein chaudron de viande et de légumes. Il remplit à ras bord une écuelle, planta dedans deux cuillères en bois et tendit le ragoût aux filles, qui s'en emparèrent en salivant.

Depuis le début de leur captivité, elles ne faisaient qu'un repas par jour.

Sheylis partagea équitablement cette nourriture qu'elles mangèrent avidement.

– La politesse veut, avant de se jeter sur son assiette, que l'on remercie le Crâne pour sa prodigalité, s'amusa le prêtre. Vous y viendrez, faites-moi confiance.

Sheylis resta impassible et garda pour elle ses pensées. Mais en esprit, elle enfonçait sa cuillère dans la gorge de Sahr'sâ, jusqu'à l'étouffer.

45

– Je crois qu'on a un autre problème.

Doom s'était arrêté au beau milieu du sentier périlleux. Il avait posé les deux mains devant lui, à plat, comme sur une vitre. Une force invisible l'empêchait d'aller plus loin.

Gaan s'avança, obligeant les garçons à reculer contre la paroi rocheuse. La lumière vacillant au sommet de son bâton était partiellement renvoyée par le mur translucide. Doom et Ægir pouvaient voir à la fois leur reflet et le sentier qui continuait derrière.

– Un sortilège, bougonna le vieil homme. Évidemment, cela aurait été trop facile.

– Trop facile ? s'étrangla Doom. Par moments, votre humour m'échappe.

– Vous allez le faire disparaître ? s'enquit Ægir.

– Je vais essayer. Après tout, c'est moi le sorcier du groupe.

– Bonne idée ! railla Doom.

L'aveugle dessina dans les airs une poignée de thun-lawz et les envoya contre le champ de force, qui les absorba sans broncher.

– Tiens ! Voilà qui est étonnant.

Gaan se gratta la joue.

– Qu'est-ce qui est étonnant ? demanda Ægir.

– La magie des thun-lawz semble impuissante contre ce sortilège.

– Et qu'est-ce que ça veut dire ?

– Ça veut dire que le sortilège est aussi ancien que le chemin qu'il protège. Plus ancien que les thun-lawz eux-mêmes.

– Je ne comprends pas, avoua Ægir.

– Lorsque les dieux ont élu domicile sur le mont Kashkar, avec, dans leurs bagages, les thun-lawz et le Roi-Dragon, le royaume était déjà peuplé. Les gens d'alors vénéraient les forces élémentales, la pierre et le feu, le vent et l'eau. Ils disposaient d'une magie liée à ces éléments premiers, magie qui a pratiquement disparu avec le temps.

– Nous sommes donc face à ce « pratiquement », conclut ironiquement Doom. J'imagine que vous ne maîtrisez pas cette magie ancienne…

Gaan répondit non de la tête.

– Alors que fait-on ? demanda Ægir.

– Je vais te le dire, moi, ce que nous allons faire, gronda Doom en bousculant presque le vieil homme pour venir frapper du poing la paroi invisible. On va utiliser la bonne vieille méthode, celle qui a fait ses preuves contre les murs !

Tandis qu'il s'énervait contre l'obstacle, sous le regard incrédule d'Ægir et les soupirs de Gaan, une corde du luth qu'il portait sur son dos se prit dans un angle de la roche et vibra désagréablement.

Le mur vacilla.

Surpris, Doom cessa ses efforts inutiles.

– Le sortilège a chancelé ! s'exclama Gaan d'une voix réjouie. Il réagit aux sons. Ce n'est pas invraisemblable. Le vent pour neutraliser le vent. Continue, Doom, prends ton luth et joue.

Le garçon empoigna son instrument, sans savoir si Gaan se moquait de lui.

– Qu'est-ce que... Qu'est-ce que je dois jouer ?

– Ce que tu veux, mon garçon. Ce sont les vibrations des cordes qui attaquent le sort.

– Très bien, se décida Doom en hochant la tête. Je vais donc interpréter, en exclusivité, le premier couplet des *Aventures d'Ægir-Peau-d'Ours*.

Il gratta quelques cordes et se racla la gorge.

– Ægir-Peau-d'Ours était le fils de barreaux de fer
et d'étoiles altières !
C'est d'ailleurs par une nuit sauvage
qu'il s'enfuit de sa cage...

Eh ! mais je rêve ! Vous vous bouchez les oreilles ?

– Continue, Doom, ça marche !

En effet, le champ de force ondulait et semblait souffrir atrocement.

– Bon, d'accord, mais c'est bien parce que je suis pressé de quitter cet endroit ! Vous mériteriez que j'arrête de chanter !

Il reprit :

– Pourchassé par les Naatfarirs
qui voulaient le tuer et bien pire...

– Ils avaient le projet d'embaucher un scalde et de l'enfermer avec lui dans une cage, souffla Gaan à l'oreille d'Ægir qui, malgré sa fatigue, parvint à sourire.

Doom fit semblant de n'avoir rien entendu et continua, pinçant les lèvres et les cordes de son luth :

– Il franchit les montagnes de fer
en direction de la rivière...

Le sortilège se défit dans un bruit de verre brisé.

– Bravo, mon garçon, le félicita Gaan en lui tapotant l'épaule. Tu as réussi là où un sorcier a échoué.

– Oui, tu as été fantastique, confirma Ægir. Grâce à toi, nous allons retrouver Sheylis.

– J'accepte vos compliments hypocrites, grommela Doom. Mais vous ne perdez rien pour attendre. J'ai déjà écrit six couplets de ma saga et je vous obligerai à les écouter tous !

Doom se hissa sur la dernière marche du sentier.

Elle était taillée dans la roche, comme toutes les autres.

Dommage qu'un tel ouvrage soit tombé dans l'oubli, songea-t-il en posant le pied sur une prairie d'herbe rase.

Il prit le bras de Gaan, l'aida à grimper, puis fit de même avec Ægir.

– Merci ! fit le garçon. J'ai vraiment cru qu'on allait passer la nuit à flanc de falaise.

Gaan, appuyé sur son bâton au sommet duquel pulsait toujours l'étrange lueur bleue, secoua la tête en entendant Doom s'affaler bruyamment sur l'herbe.

– Pas de temps pour ça, dit le vieil homme. Il faut repartir tout de suite.

– Hein ! s'écria Doom. Je vous ai guidés jusque-là, je vous ai débarrassés d'un sortilège tellement puissant que même le grand Gaan n'a pas réussi à le défaire... J'ai besoin de me reposer, je suis crevé !

Ægir prit la défense de son ami.

– Doom a raison. Quelques heures de repos ne nous feront pas de mal.

Gaan soupira.

– Si ça ne tenait qu'à moi, les enfants, vous pourriez dormir pendant plusieurs jours ! Mais je crains que le destin ne soit pas d'accord.

– Le destin ? répéta Doom en fronçant les sourcils. Qu'est-ce que c'est encore que cette histoire ?

– Approchez, je vais vous montrer.

Le sorcier s'accroupit et sortit d'une poche le sac contenant ses jetons de pouvoir. Il les répandit sur le sol. La plupart d'entre eux restèrent tournés face contre terre, mais certains affichèrent clairement leur dessin.

– Là, donnés par la Reine, c'est Wynh, indiqua Gaan sans se tromper. Ici Nydh, Gerh et Oth. Il y a aussi, envoyés par le Flamboyant, Tornh et Radh. Enfin, accordé par le Chevaucheur, Perth.

– Les pièces essayent de nous dire quelque chose, c'est ça ? demanda Ægir.

– Exactement. Les thun-lawz servent aussi à éclairer l'avenir. Ou du moins les divers chemins que l'avenir peut emprunter.

– Alors ? le pressa le garçon.

– Il va y avoir une confrontation, annonça le sorcier gris en désignant les différents jetons. De la peur également, suivie d'une délivrance. Ce moment est proche. Il peut rétablir l'ordre. Ou pas. Dans tous les cas, cette rencontre sera violente et elle réclame la présence de tous ceux qui doivent jouer un rôle…

– Et celui-là ?

– Perth ne signifie rien de particulier. Il ouvre le champ des possibles. Il accompagne toujours les thun-lawz en mode divinatoire.

– On peut avoir la traduction de ce charabia ? soupira Doom en se massant les tempes.

Gaan hocha la tête.

– Sheylis est dans une situation critique. Quelque

chose de très important va se produire. Si nous ne sommes pas présents, la balance penchera d'un côté défavorable pour nous. Pour nous tous, je le précise, et pas seulement pour Sheylis.

– Nous ignorons tout des thun-lawz, grommela Doom, excepté qu'ils ne valent pas une bonne vieille chanson. Il vous est facile de nous embrouiller, de nous forcer la main !

Mais Ægir s'était déjà redressé. Son regard brûlait d'une énergie nouvelle.

– En route ! Sheylis a besoin de nous.

– Qu'est-ce que je disais ? soupira son ami.

Gaan éteignit la boule de lumière froide sur son bâton quand Doom, qui avait repris son poste d'éclaireur, lui eut signalé au loin les lueurs d'un grand feu.

Ils marchèrent le plus silencieusement possible, quittant la piste pour le sous-bois, avançant de buisson en buisson, jusqu'au tronc d'un pin-résine abattu par le vent.

Ils se dissimulèrent derrière la souche, qui dressait au-dessus du sol l'éventail de ses racines. D'où ils étaient, les deux garçons voyaient entièrement la clairière.

– C'est Sheylis ! s'exclama Ægir. Là-bas !

On voulut le faire taire par des chut qui ne parvinrent pas à le calmer.

– Il y a deux filles, remarqua Doom. Sheylis, c'est laquelle ?

– Celle qui a un manteau noir.

Le sorcier s'imposa dans la discussion.

– Décrivez-moi tout ce que vous voyez.

Ils s'exécutèrent de bonne grâce.

– À gauche, dit Ægir, un gros chariot, deux bœufs laineux et six chevaux attachés. À droite, un petit feu et un grand feu. Devant le premier, se tiennent cinq hommes armés de lances.

– Ce sont des Kaafris, intervint Doom. J'en ai déjà vu dans la boutique de mon père.

– Autour du second feu, continua Ægir, il y a Sheylis, une autre fille et un homme vêtu de rouge…

– Un prêtre du Crâne, murmura Gaan. Voilà pourquoi j'ai eu tant de mal à tisser le lien avec Sheylis ! Mais comment s'est-elle retrouvée entre leurs pattes ?

Soudain, oubliant ses questions, le vieil homme releva brusquement la tête. Son visage trahissait une inquiétude qui perturba les garçons.

– Que voyez-vous dans le sous-bois ? Vite, dites-le-moi ! commanda Gaan.

– Des pins-résine, quelques bouleaux, des fougères, énuméra Ægir. Et puis des monticules, une vingtaine peut-être, qui ressemblent à… de grosses fourmilières.

Le sorcier gris secoua la tête.

– C'est un mauvais endroit pour s'arrêter. Ce prêtre est un imbécile s'il ne l'a pas encore compris.

– En quoi c'est un mauvais endroit ? demanda Doom.

– Prie pour ne jamais avoir de réponse, répondit Gaan.

– On est arrivés à temps ? s'inquiéta Ægir. Je veux dire, par rapport aux indications des thun-lawz…

– Il semblerait, mon garçon, il semblerait.

Un bruit de sabots sur la piste annonça l'arrivée d'un cavalier.

– Juste à temps, ajouta le sorcier.

Ils se tassèrent un peu plus derrière la souche.

46

Lahg'sâ fit irruption dans la clairière.

Il tira au dernier moment sur les rênes du cheval, déclenchant un hennissement de protestation.

Sahr'sâ bondit sur ses pieds.

Naabin se serra instinctivement contre Sheylis, qui posa autour d'elle un bras protecteur.

– Tu avais raison de te méfier, lança le prêtre en sautant de sa monture. Une troupe de cavaliers arrive au grand galop. Je ne me suis pas attardé pour les compter. Ils seront ici dans quelques minutes. Je ne comprends pas, j'ai pourtant posé le sort sur le chariot du marchand de bière !

Sahr'sâ sortit fébrilement son pendentif du manteau rouge.

Il était toujours inactif.

– Par le Crâne ! jura-t-il.

– Comment est-ce possible ?

– Il y a un sorcier parmi eux.

Sahr'sâ héla les Kaafris et les informa rapidement de

la situation ; silencieux et furtifs comme des ombres, ceux-ci prirent position dans la clairière.

Le prêtre s'adressa ensuite à son acolyte.

– Nous enfuir ne servirait à rien. Nous puiserons dans le feu l'énergie nécessaire à notre propre défense.

Lahg'sâ s'empressa de le rejoindre.

Les filles hésitaient sur la conduite à tenir. Sahr'sâ mit fin à leurs interrogations ; il les attrapa toutes deux par le bras pour ne plus les lâcher.

47

Les Naatfarirs, Ishkar en tête, jaillirent de la piste en poussant des cris de guerre.

Aucune tactique n'avait été élaborée. La frustration éprouvée tout au long de la chasse trouvait enfin un exutoire. Hommes de razzias, les Naatfarirs avaient l'habitude des raids éclair et savaient instinctivement où attaquer et où frapper, causant les plus lourdes pertes à leurs ennemis.

Malgré tout, Ishkar tiqua en débouchant dans la clairière. Son instinct lui hurlait de prendre garde. Il décrocha la targe de son dos et la fixa à son avant-bras blessé. Cette précaution le sauva. Une javeline vrombit dans sa direction. Sans réfléchir, il la détourna avec son bouclier. Sa blessure se rouvrit et du sang se répandit abondamment sur le bandage. L'arme frôla sa joue avant de se perdre dans la forêt. Ishkar jura et cria pour avertir les autres.

Bishin n'eut pas le temps de réagir. Un javelot, surgi lui aussi de nulle part, se planta profondément dans son épaule. Sous le choc, il vida les étriers. Vif comme l'éclair, un guerrier kaafris se précipita et enfonça sa seconde lance au fer large et tranchant dans le torse du cavalier.

Il ne profita pas de sa brève victoire. Chakor, bien plus agile que sa corpulence ne le laissait deviner, arriva au galop, fit tournoyer sa masse d'armes et l'abattit sur le crâne du Kaafris, qui mourut sur le coup.

Ishkar perçut un mouvement sur le côté. Sans réfléchir et en serrant les dents pour contenir la douleur irradiant dans son bras, il encocha une flèche et tira au jugé, avec cette souplesse du geste répété des milliers de fois lors de l'entraînement. Un grognement lui apprit qu'il avait touché sa cible.

Il fronça les sourcils. Il ne disposait plus que d'un guerrier, du sorcier noir et du Dakan. Combien y avait-il de Kaafris ? Et de quoi étaient capables les deux prêtres du Crâne, près du feu, qui observaient l'affrontement ?

Aucune trace du gosse, en revanche. C'était le plus inquiétant. Il avait fondé toute sa traque sur l'hypothèse d'un enlèvement de Peau d'Ours par le Crâne…

Il aperçut le chariot, caché derrière un arbre. Talonnant son cheval, il s'assura de la présence de ses hommes à ses côtés. Teresh et le Dakan ne l'avaient pas quitté d'une semelle, mais Chakor, qui avait vu les prêtres, et galopait dans leur direction, brandissant sa masse d'armes maculée de sang.

– Chakor ! hurla-t-il. J'ai besoin de toi ici ! Tout de suite !

Si le garçon était dans le chariot et s'il se transformait, le sorcier lui serait indispensable pour le contrôler.

Il crut que l'homme en noir n'obéirait jamais et il se rendit compte alors qu'il avait sous-estimé la haine du sorcier à l'encontre du Crâne. Mais, au dernier moment, Chakor poussa un cri de colère et fit volte-face.

– Les prêtres sont à moi ! grogna-t-il en rejoignant les Naatfarirs.

– Dès qu'on aura trouvé le gosse, promit Ishkar.

Ils foncèrent droit sur le chariot.

La fouille fut aussi rapide que vaine. Où était le garçon ? Ishkar se retint pour ne pas hurler de rage. Le Crâne l'avait-il caché quelque part avant qu'ils n'arrivent ? Existait-il un autre convoi, plus discret, qui leur aurait échappé ? Et si le Dakan qu'ils recherchaient était encore à Ayhun ? Se serait-il trompé depuis le départ ?

Alors que ces questions tournoyaient dans sa tête pour le torturer, les trois derniers Kaafris fondirent sur eux. Ishkar dégaina son sabre, soulagé à la perspective de se battre et de laisser ses doutes de côté.

Puis des grondements inhumains résonnèrent dans le sous-bois, figeant les Naatfarirs et les Kaafris.

Près du feu, Sahr'sâ et Lahg'sâ se regardèrent abasourdis.

Quant aux filles, un long frisson glacé les parcourut.

– Qu'est-ce que c'était ? demanda Doom, terrorisé.

– La réponse à ta question de tout à l'heure, dit doucement Gaan. Surtout, ne faites pas de bruit. Et toi, essaye de ne pas accrocher les cordes de ton luth n'importe où, comme à ton habitude ! Nous sommes à présent en grand danger…

48

L'étonnement des prêtres n'avait pas échappé à Ishkar.

Ceux qui sortaient du sous-bois et s'approchaient d'eux n'avaient rien à voir avec le Crâne. Ils s'étaient simplement invités à la fête. Et la nervosité des chevaux, de même que l'inquiétude du Dakan, d'habitude impassible, indiquait clairement que ce n'était pas pour partager un tonnelet de bière.

– Chakor ? appela-t-il. Que se passe-t-il ?

Le sorcier était extrêmement tendu. Ishkar ne se rappelait pas l'avoir déjà vu dans un tel état.

– Je ne suis pas sûr, répondit-il. Mais ça vient de partout et ça n'est pas gentil !

Ils étaient encerclés. Pris entre le marteau et l'enclume. Avec un guerrier en moins. Et sans le gosse, bien sûr. Une journée peu glorieuse, en vérité !

De leur côté, les prêtres scrutaient les ténèbres avec attention.

Les Kaafris, quant à eux, ne savaient quoi faire et hésitaient, dansant d'un pied sur l'autre.

Soudain, une chose horrible, puis deux, puis dix, apparurent dans la clairière, se dévoilant progressivement à la lueur des feux.

Cela ressemblait à des hommes qui auraient pourri durant des années sous la terre.

Dans leurs orbites dont l'os se voyait et où s'accrochaient encore des lambeaux de chair, des yeux rouges clignotaient, ardents comme des braises.

– Qamdars ! hurla Chakor. Qamdars de terre !

Les chevaux, paniqués, hennirent, se cabrèrent et jetèrent bas leurs cavaliers incapables de les maîtriser. Fous de terreur, les animaux s'enfuirent sans demander leur reste.

Avec une vigueur surnaturelle, les Qamdars se jetèrent sur eux pour les mettre à terre. Là, ils commencèrent à les dévorer vivants.

Chakor-le-Noir reprit son équilibre en roulant sur le sol, s'empara de son bouclier recouvert de thun-lawz et brandit sa masse d'armes. Puis il recula jusqu'à se retrouver dos à dos contre Ishkar, qui avait abandonné son arc pour ne garder que son sabre, sur lequel étaient gravés des signes de pouvoir.

Le Dakan était tout proche, dompté par le collier de servitude.

– Où est Teresh ? demanda Ishkar.

Le guerrier naatfarir avait eu moins de chance qu'eux. Les mouvements furieux de son cheval l'avaient projeté au milieu de la clairière. Il était seul à présent, isolé de ses compagnons et encerclé par cinq Qamdars.

Bravement, il leur faisait face.

Les trois Kaafris s'étaient eux aussi placés dos à dos et tenaient les démons à distance avec leurs lances.

Quant aux prêtres et à leurs prisonnières…

– Ils approchent ! cria Naabin, au bord de l'hystérie, en voyant une dizaine de Qamdars converger vers eux.

Sahr'sâ leva la canne surmontée d'un crâne de métal et la planta au milieu des braises.

Il prononça des mots qui n'étaient pas ceux du royaume.

Non seulement la canne ne brûla pas, mais le crâne serti sur le pommeau se mit à cracher une brume épaisse qui se déroula, tel un serpent, autour du petit groupe. Les démons s'arrêtèrent aussitôt puis reculèrent pour éviter le sortilège. Dans le même temps, le feu se fit moins ardent, comme si la brume se nourrissait de sa chaleur.

– Nous sommes sous la protection du Crâne, prévint Sahr'sâ, tant que nous restons à l'intérieur de l'anneau de brume.

Curieusement, l'idée de s'enfuir n'était pas un instant venue à l'esprit de Naabin, ni même à celui de Sheylis.

49

– Des Naatfarirs ! s'exclama Ægir. Leur chef… c'est l'homme qui me retenait prisonnier dans l'enclos. Il s'appelle Ishkar. Je pensais qu'il avait renoncé à me poursuivre.

Il accueillait l'arrivée de ses tourmenteurs avec un calme qui le surprit lui-même.

– Ils veulent le Dakan qui est en toi, dit Gaan. Pour lui, un Naatfarir irait jusqu'aux frontières du royaume et même au-delà.

– Mais comment m'ont-ils retrouvé ?

– Je ne sais pas, marmonna le vieil homme. Et je ne comprends pas pourquoi ils attaquent les gens du Crâne.

Doom tira sur la manche du sorcier gris.

– On se moque des Naatfarirs ! Ces choses, là… c'est quoi ?

– Des Qamdars, répondit Gaan. Des démons. Je les devine, je perçois leur énergie mauvaise. Ceux-là sont liés à la terre. Ils étaient assoupis sous les tumulus que vous avez vus dans les bois. L'odeur du sang les a réveillés.

– Ils sont des dizaines, dit Ægir, moins effrayé qu'il n'aurait dû l'être.

– Comment tue-t-on ces monstres ? demanda Doom.

– À l'aide de la magie. Observe les guerriers naatfarirs et kaafris : ils doivent avoir des thun-lawz sur leur équipement.

– Oui, confirma le garçon. Ils brillent.

– Ça veut dire que les signes ont senti la menace. Mais tous ne seront pas assez puissants pour arrêter les démons. Est-ce que certains guerriers sortent de l'ordinaire ?

– Il y a un gros homme dont les armes brillent plus que les autres : un bouclier et une masse d'armes. Il est avec les Naatfarirs, mais il ne leur ressemble pas.

– Un sorcier noir. Quoi d'autre ?

– À côté de lui, poursuivit Doom en se forçant au calme, un guerrier brandit un sabre très lumineux lui aussi.

– C'est lui, c'est Ishkar, le chef naatfarir, intervint Ægir d'une voix sourde.

– Le sorcier et le guerrier devraient s'en tirer, commenta laconiquement Gaan.

– Les Qamdars n'osent pas s'approcher du feu, ajouta encore Doom qui oubliait sa peur à mesure qu'il parlait. Les prêtres ont un bâton qui répand une sorte de fumée.

– C'est une magie que je ne connais pas, dit le vieillard. Elle vient sûrement d'au-delà du royaume. Elle semble néanmoins efficace.

– Ah ! Il y a un autre homme à côté du sorcier noir et du chef naatfarir. Il porte un collier autour du cou. Ce collier est encore plus brillant que la masse d'armes du gros…

– Un Dakan ! s'exclama Ægir, le regard brillant, en essayant de mieux voir à travers les racines. Je le sens !

– Tu as raison, confirma Gaan. Lui aussi s'en sortira. Du moins, s'il affronte les démons sous sa forme de Dakan. Autrement, c'est un homme comme les autres, ou presque.

Ægir le dévorait du regard. C'était la première fois qu'il voyait un de ses semblables. Son intérêt dépassait de loin la simple curiosité. Il ressentait au plus profond de lui la proximité du Dakan. Et cette fois, ce n'était pas sous l'effet d'une association de thun-lawz. D'ailleurs, le Dakan s'agita lui aussi, reniflant alentour. Les Naatfarirs ne le remarquèrent pas, ou alors ils mirent son agitation sur le compte des Qamdars.

Gaan posa sa main sur le bras du garçon, l'incitant gentiment à se calmer.

Alors un cri résonna dans la clairière.

Les événements se précipitèrent.

50

Teresh faisait de grands moulinets avec son sabre pour tenir les démons à distance.

Il regrettait amèrement de n'avoir pas payé plus cher pour faire graver quelques thun-lawz supplémentaires sur sa lame. Ils auraient peut-être fait la différence aujourd'hui. Ses compagnons étaient loin, eux-mêmes encerclés. Ils ne viendraient pas à son secours. Il ne restait plus à Teresh qu'à obtenir une bonne mort. Une mort glorieuse, sous les yeux de son chef.

Il pensa intensément à sa femme et à ses deux fils, qu'il ne reverrait jamais, puis chassa de son esprit tout ce qui n'était pas l'instant présent.

Il avança d'un pas et fendit les chairs putrides qui grésillèrent sous l'effet de la magie des thun-lawz, arrachant aux démons de sourdes plaintes.

Il dansa avec eux un ballet à la fois fantastique et mortel.

Sa peur s'était évanouie.

Il profitait de chaque instant, de l'apogée d'une vie

vouée à la rudesse et au combat, et trouvait dans ces moments ultimes la consécration de son existence.

Mais il fit un faux pas et trébucha.

La poigne de fer d'un Qamdar se referma sur sa cheville et la broya. Teresh hurla. Un autre Qamdar se précipita sur lui et le mordit au bras, arrachant un morceau de chair.

Près du feu, les deux filles, horrifiées, se bouchèrent les oreilles et fermèrent les yeux.

Une arme de jet fendit l'air en sifflant.

Un javelot transperça le cœur de Teresh, mettant fin à l'atroce souffrance.

Ishkar se tourna vers les Kaafris qui avaient accordé à son guerrier une mort digne. Il les salua d'un signe de tête.

Son salut lui fut rendu.

Il n'y avait plus ni Kaafris, ni Naatfarirs, ni ravisseurs, ni assaillants, ni serviteurs du Crâne, ni fidèles des dieux anciens. Il n'y avait plus que des hommes qui affrontaient des démons et luttaient pour survivre.

Ce fut alors au tour des Kaafris de subir l'assaut des démons.

On aurait dit que ce n'était pas la première fois qu'ils étaient confrontés à ces créatures. À moins qu'un enseignement mystérieux ne les ait préparés à une telle rencontre ? En tout cas, ils restaient étonnamment calmes.

Le fer de leurs lances, luisant de la magie des thun-lawz, plongeait dans le corps des Qamdars et entraînait rapidement leur agonie.

Aguerris, sanguinaires, ils causaient des ravages.

Ishkar hésita quant à la conduite à tenir. Les démons qui les encerclaient restaient immobiles, dans l'attente du succès ou de l'échec de l'assaut que leurs congénères avaient lancé contre les Kaafris. Étonnante tactique, mais un homme pouvait-il comprendre cette logique démoniaque ?

Ils pouvaient tenter de briser le cercle et courir, ou alors se porter au secours des trois guerriers. Ou bien encore attendre leur tour.

Se sentant dépassé par le caractère surnaturel de la situation, Ishkar se tourna vers le sorcier.

– Que penses-tu de tout ça, Chakor-le-Noir ?

– Aux yeux du profane, ricana-t-il, les Qamdars adoptent une stratégie suicidaire. En réalité, ils puisent leur force dans la mort de chacun d'eux. Plus les Kaafris tuent de démons, plus ceux qui restent sont puissants. Ils nous gardent en dernier parce que nous sommes les plus redoutables, mais ils seront bientôt en mesure d'avoir le dessus sur nous.

Ishkar prit la mesure du danger. Il n'était pas dans sa nature, de toute manière, de subir les événements.

– Tu suggères de forcer l'encerclement ?

– Ça me fait mal de le dire, mais il faut s'enfuir, et sans tarder ! Seulement, je me demande s'il n'est pas déjà trop tard. Regarde comme les Qamdars ont grandi…

Après un bref coup d'œil, Ishkar dut reconnaître que le sorcier disait vrai.

– Quelles sont nos chances ?

– Il ne nous en reste plus qu'une, dit Chakor en plantant son regard acéré dans celui du Naatfarir. Il faut utiliser le Dakan et s'engouffrer dans son sillage. Tout de suite !

Les Kaafris n'étaient plus que deux à se battre.

Ishkar eut la sagesse de mettre son orgueil de côté et d'obéir au sorcier noir. Il s'empressa de prononcer les phrases rituelles.

Le collier de servitude devint incandescent. Les poils qu'il touchait, roussirent et le Dakan se mit à hurler.

51

– Ils l'ont fait ! s'écria Gaan. Les Naatfarirs ont provoqué la transformation du Dakan. C'est effectivement leur meilleure chance de s'en sortir.

Ægir ouvrit des yeux ronds.

Il allait enfin assister au phénomène qu'il avait lui-même éprouvé.

La gorge sèche, il vit d'abord l'homme au collier se déformer, par soubresauts, une partie de son corps après l'autre, dans d'horribles craquements.

Son torse s'élargit, ses membres s'allongèrent, sa tête s'épaissit.

Il hurlait toujours.

Puis le Dakan doubla de taille et de volume, en même temps que les poils de sa barbe envahissaient son cou et sa poitrine, jusqu'à ce qu'une toison recouvre sa peau.

Sa mâchoire s'était étirée vers l'avant, se transformant en gueule hérissée de crocs et dégoulinante de bave.

Ses oreilles, pointues, étaient désormais mobiles.

Des griffes acérées remplaçaient les ongles de ses doigts.

Enfin, le hurlement du Dakan se fit grondement. L'homme avait cédé la place au monstre.

– C'est à ça que je ressemblais, à Ayhun ? demanda Ægir d'une voix qui tremblait.

– Oui, à peu près, répondit Doom sans oser regarder son ami. Mais en moins grand, et en moins affreux aussi !

– Je comprends mieux pourquoi tu me regardais si bizarrement, l'autre jour, murmura Ægir, la gorge nouée.

Les deux garçons n'étaient pas les seuls à suivre de près la transformation du Dakan.

Les prêtres du Crâne avaient instinctivement augmenté la masse de brume sourdant de leur bâton et les filles s'accrochaient à présent l'une à l'autre, comme à des planches lors d'un naufrage. Naabin avait perdu pied, dépassée par ces horreurs. Elle tremblait, en état de choc. Sheylis, au contraire, refusait de sombrer et gardait sur son esprit un contrôle indispensable, afin de veiller sur sa compagne.

Les Qamdars penchaient la tête d'un côté puis de l'autre, ce qui traduisait peut-être quelque contrariété, ou de la perplexité.

Quant aux Kaafris encore valides, leur situation était suffisamment critique pour qu'ils n'aient ni le temps de s'étonner ni le droit de se déconcentrer.

Répondant aux ordres précis qu'Ishkar lui donnait dans le langage des thun-lawz, le Dakan bondit sur le démon le plus proche et le frappa avec une puissance formidable, l'envoyant s'écraser contre un arbre, à plusieurs coudées. Continuant sur sa lancée, le Dakan décapita un Qamdar et en éventra un autre, avant de courir vers la piste, Ishkar et Chakor à sa suite.

Signe que les démons gagnaient en vigueur et en discernement, ceux-ci se précipitèrent sur les fuyards en évitant soigneusement le Dakan.

Chakor fracassa une tête, para un coup de griffe avec son bouclier et défonça une cage thoracique, sa masse d'armes gravée de thun-lawz brillant comme celle du Maître de la Foudre.

Ishkar fendit un visage et plongea la lame de son sabre dans un cœur qui éclata, carbonisé par les signes de pouvoir.

La voie était libre. Ils plongèrent dans l'obscurité.

Des hurlements, sur la route, leur indiquèrent que des démons les avaient pris en chasse et qu'ils le payeraient cher.

Revigorés par la mort de nombreux congénères, les Qamdars s'acharnèrent de plus belle contre les guerriers kaafris.

Épuisés, blessés par des coups de griffe incessants, ceux-ci finirent par être vaincus et subirent la cruauté des monstres, sans que personne, hélas ! puisse les en délivrer.

Les Naatfarirs disparus, le sort des Kaafris réglé, les démons retournèrent alors leur soif de violence contre les prêtres qui les narguaient derrière leur barrière de brume.

52

– Les Naatfarirs qui se sont enfuis avec le Dakan vont s'en sortir, n'est-ce pas ? demanda Doom au vieux sorcier, après lui avoir résumé les événements.

– Sûrement. Un Dakan transformé est presque impossible à tuer. Quant au sorcier noir et au guerrier, ils avaient l'air coriaces. Sans oublier que les Qamdars ne peuvent pas s'éloigner de leurs tombes, sous peine de tomber en poussière.

– Hein ? Mais alors… pourquoi on reste là ? On pourrait filer et se mettre à l'abri !

– Notre présence est indispensable.

– Indispensable ? Pour servir de hors-d'œuvre à des démons ? Il faut partir, oui, avant qu'ils ne nous repèrent !

– Tous les événements n'ont pas encore eu lieu.

Ægir ne participait pas à la discussion qui s'était engagée à voix très basse entre ses deux amis. Il était plongé dans d'intenses réflexions.

L'irruption des Naatfarirs, qu'il s'était efforcé d'oublier, lui avait causé un choc, mais bien moindre que celui de voir un Dakan parmi eux. Était-ce genre de monstre asservi qu'Ishkar voulait faire de lui ?

Ægir sentait régulièrement la main de Gaan se poser sur son épaule, sûrement pour le calmer ou évaluer son état d'anxiété. Ce geste le rassurait. Il peinait à croire qu'il avait pu être, l'espace de quelques minutes ou de quelques heures, ce… cette chose qu'il avait vue dans la clairière et dont il avait suivi les exploits monstrueux. Et pourtant, tel était le cas puisqu'il avait ressenti la joie sauvage du Dakan libéré de son enveloppe humaine, son excitation farouche tandis qu'il massacrait les démons !

Ægir se mit à espérer de toutes ses forces que l'ami de Gaan, à Kesh-la-Grande, soit bel et bien capable de l'aider à se débarrasser de la bête qui était en lui.

En attendant, puisque aucun collier ne préservait les autres de ses pulsions, il devait faire en sorte de se contrôler, coûte que coûte. C'était une question de vie ou de mort.

Une série de cris furieux attira de nouveau leur attention sur les prêtres.

Les Qamdars s'enhardissaient, au point de ne plus hésiter à se lancer contre la brume mystique. Ils hurlaient de rage.

– Le feu, murmura Ægir. Il est en train de s'éteindre, alors qu'il y a encore du bois !

– La magie du Crâne, répondit Gaan en réfléchissant à voix haute. Elle ne fait pas appel aux thun-lawz. Comme dans l'ancien temps, les prêtres sollicitent l'énergie élémentale. Tout particulièrement, semble-t-il, celle du feu. À force de puiser dans son énergie vitale, celui-ci s'épuise. Ils sont mal engagés…

– Ce ne sont pas les seuls, observa Doom d'une voix blanche.

Des lueurs rougeâtres convergeaient dans leur direction à partir du sous-bois. C'étaient les yeux brûlants des Qamdars qui avaient fini par se rendre compte de leur présence.

Instantanément, Gaan, Doom et Ægir abandonnèrent la souche pour un espace plus dégagé, et se placèrent dos à dos, comme l'avaient fait avant eux les guerriers naatfarirs et kaafris pour affronter leurs terribles adversaires.

– N'ayez pas peur, les rassura le vieil homme. J'ai plus d'un tour dans mon sac.

D'un mouvement rapide et précis, il traça autour d'eux trois un cercle avec son bâton. Puis il fouilla dans ses poches, en sortit une poignée de thun-lawz qu'il répandit par terre en prononçant les paroles qui les activèrent.

Il était temps.

Les démons se brisèrent contre la protection que Gaan avait érigée.

Avec des hurlements stridents, ils essayèrent de forcer l'obstacle mystique, le griffant et le mordant, le frappant de leurs poings.

Puis le sorcier gris braqua sur eux son regard laiteux.

Les démons cessèrent aussitôt d'attaquer. Ils

baissèrent la tête et se courbèrent dans une inexplicable attitude de soumission, avant de battre précipitamment en retraite.

« Incroyable », fut tout ce que Doom trouva à dire après que les Qamdars se furent fondus dans la nuit.

– Les thun-lawz recèlent un grand pouvoir, se contenta d'expliquer Gaan. J'ai mis toute une vie pour le découvrir.

– Vos thun-lawz peuvent-ils faire quelque chose pour sauver Sheylis ? demanda Ægir.

La brume des prêtres, dans la clairière, se dissipait dangereusement.

Le sorcier hésita.

– Il faudrait que je franchisse la ligne des démons et que je parvienne à convaincre ces prêtres de me laisser les aider... Je ne peux pas emporter mon cercle de protection... Non, j'ai beau réfléchir, je ne peux rien faire. Je suis désolé, Ægir. La seule chance de Sheylis, ce serait que les prêtres, d'une manière ou d'une autre, parviennent à tenir jusqu'à l'aube.

Mais le garçon savait qu'ils en étaient incapables. Et il savait que Gaan le savait.

Il n'en voulait pas au vieil homme, qui avait déjà fait plus que sa part au sein du groupe. Doom également, en les conduisant jusque-là par le sentier périlleux. En revanche, lui, Ægir, qu'avait-il fait pour ses amis et qu'avait-il fait pour Sheylis ? Il n'était qu'un poids mort et une source continuelle d'ennuis. Il obligeait les autres à se détourner de leur destin pour servir le sien. C'était terriblement injuste.

Soudain, une altercation éclata dans la clairière.

– Que se passe-t-il ? demanda Gaan.

– Un des prêtres essaye de poignarder l'autre fille, dit Doom. Sheylis s'est interposée.

– Hum ! grogna Gaan en secouant la tête. Ils veulent compenser l'épuisement des flammes par un sacrifice. Le Crâne se nourrit donc aussi de sang.

Ægir poussa un long gémissement. Le découragement qui l'avait saisi céda la place à la douleur. C'était comme s'il ressentait ce que Sheylis endurait, à la manière dont il avait vécu les exploits du Dakan dans la clairière, mais avec davantage d'intensité.

Cette douleur se transforma en rage.

Une lumière grandit à l'intérieur de son crâne, se fit brûlante et irradia.

Ægir quitta le cercle de protection, titubant comme un homme ivre. Il tomba à genoux et commença à se transformer sous les yeux de ses compagnons.

– Gaan, supplia Doom en cherchant l'appui du vieil homme, faites quelque chose ! Vous aviez réussi à le calmer, à Ayhun…

– Pas cette fois, dit Gaan. Sa fureur est grande. Si monstrueux que cela puisse te paraître, il doit s'en libérer tout seul. Et puis Ægir est le seul à pouvoir sauver cette fille.

– Vous n'avez pas peur qu'il s'en prenne à elle ? Ou à nous ?

– Nous le saurons dans quelques instants, répondit le sorcier avec calme.

Doom l'observa du coin de l'œil.

– Je suis sûr que vous pourriez intervenir, sauver Sheylis et empêcher la transformation, lâcha-t-il.

Un bref sourire éclaira le visage parcheminé du vieillard.

– Tu prêtes trop de pouvoir au vieux gâteux que je suis, mon garçon. Nous ferions mieux, plutôt, de croiser les doigts.

53

À l'endroit même où se tenaient les démons quelques instants plus tôt, devant le cercle de protection, Ægir achevait sa transformation.

Le garçon avait disparu. À sa place se dressait une créature haute de sept pieds, large de trois, couverte de poils. Bardée de muscles disproportionnés. Pourvue d'une mâchoire remplie de crocs solides comme de l'acier. Des griffes coupantes comme des rasoirs remplaçaient les ongles de ses mains, au bout de doigts étonnamment longs.

Il était moins grand et moins massif que le Dakan naatfarir, mais il émanait de lui, du fait de l'absence du collier, une sauvagerie bien supérieure.

– Je préfère ne pas imaginer à quoi il ressemblera quand il sera adulte, murmura Doom en se serrant contre le sorcier.

Puis le Dakan se mit en mouvement.

D'un bond, il fut parmi les Qamdars.

Il tailla dans leur chair aussi facilement que dans du

beurre, éventrant, arrachant à grands coups de griffe et de dent.

Sa fureur était telle que les démons se mirent à reculer.

Lahg'sâ avait suspendu son geste et cessé de menacer Naabin.

Sheylis ouvrait des yeux stupéfaits.

Après s'être débarrassé du premier cercle de Qamdars, ignorant la morsure de la brume, le Dakan franchit la protection magique des prêtres. Il balaya Sahr'sâ d'un revers du bras et arracha le poignard des mains de Lahg'sâ, avant de planter ses crocs dans sa gorge.

L'homme n'eut pas le temps de crier. Il tomba à terre, raide mort.

Naabin s'effondra elle aussi, sans que Sheylis tente de la retenir. Elle n'avait d'yeux que pour le monstre qui tendait vers elle des mains immenses, dégoulinantes de sang.

Son regard se planta dans le sien.

À sa grande surprise, elle découvrit dans l'œil de la bête une lueur humaine.

La créature s'approcha encore.

C'était trop, trop de peur, trop d'émotions. Sheylis s'évanouit.

Le Dakan pencha la tête, étonné. Il prit dans ses bras la jeune fille avec une douceur surprenante, puis, en bondissant, l'emporta loin du feu.

54

Sahr'sâ tremblait de rage.

Il se releva, meurtri dans sa chair et dans son orgueil. Sa précieuse prisonnière lui avait été arrachée ; son compagnon, massacré. Et il n'avait rien pu faire.

Il se précipita auprès de Naabin, évanouie mais sauve. Ce constat le soulagea. Sa mission ne serait pas un échec. La prophétie réclamait une fille et, même si celle-ci semblait plus faible que l'autre, elle ferait l'affaire. Mais d'où venaient ces monstres ? Le premier accompagnait les Naatfarirs, le second avait surgi du néant.

Les Qamdars, quant à eux, étaient sortis de terre, de tumulus qu'il n'avait pas su reconnaître (le royaume restait pour lui encore mystérieux).

Les Qamdars…

Il recouvra ses esprits juste à temps.

Arrachant la canne maléfique des braises noircies, il la planta dans le corps taillé en pièces de Lahg'sâ, réactivant le sortilège de la brume.

Le Crâne puisa de nouvelles forces dans le sang du prêtre et recommença de briller. La barrière de protection se remit à fonctionner, repoussant les démons qui s'enhardissaient encore. Bien malgré lui, en leur permettant de tenir jusqu'au retour du jour, Lahg'sâ leur avait sauvé la vie.

De retour au temple, Sahr'sâ réclamerait que son malheureux condisciple figure au tableau d'honneur et que son nom soit gravé sur la stèle qui rendait hommage aux meilleurs serviteurs du Crâne.

55

Le Dakan aurait pu s'en aller n'importe où.

Il revint naturellement auprès de Gaan et de Doom. Par instinct ou parce que Gaan avait fait ce qu'il fallait pour cela.

Le sorcier et le jeune scalde se tenaient encore dans le cercle de protection magique. À peine le monstre fit-il son apparition que Gaan prononça des paroles apaisantes, dans cette langue que n'entendaient pas les garçons mais que la créature semblait comprendre.

Le Dakan posa délicatement Sheylis, toujours évanouie, par terre, puis recula. Obéissant aux paroles de pouvoir que récitait inlassablement le vieil aveugle, il s'affaissa sur lui-même et tomba à genoux.

Il commença à se transformer à rebours, avec les mêmes horribles craquements et terribles gémissements.

Lorsque le monstre disparut pour laisser place à Ægir, le sorcier rompit le cercle et se précipita au chevet du garçon inconscient.

– Est-ce qu'il va bien ?

– Oui, Doom. Va plutôt t'occuper de la fille.

À l'aide d'un bâtonnet mouillé de salive et trempé dans la terre, Gaan traça sur le corps anormalement chaud du garçon une association complexe de thunlawz en murmurant une succession de mantras.

La transformation soumettait le corps à rude épreuve et ne se révélait qu'à l'âge adulte ; de plus, le collier de servitude possédait des pouvoirs inhibiteurs et des vertus hautement apaisantes.

Ægir n'avait ni l'un ni l'autre. Mais il avait la chance d'être accompagné par un sorcier expérimenté. Sans lui, il n'aurait sans doute même pas survécu à l'épisode d'Ayhun.

Sheylis reprit lentement connaissance.

Sa tête lui faisait mal. Elle vit le visage de Doom penché au-dessus du sien. Qui était ce garçon ? Où se trouvait-elle ? Pourquoi était-elle allongée sous un arbre ?

La mémoire lui revint par bribes.

La conversation avec Sahr'sâ près du feu.

L'attaque des Naatfarirs.

L'apparition des démons et dans leur sillage un cortège d'horreurs.

La magie étrange des prêtres du Crâne.

Le premier monstre, venu sauver les Naatfarirs.

Lahg'sâ, qui voulait tuer Naabin avec son poignard pour renforcer le sortilège.

Un deuxième monstre (ou alors était-ce le même ?) venu empêcher ce meurtre et l'enlever…

Elle poussa un cri déchirant et se recroquevilla.

– Tout va bien, essaya de la rassurer Doom. Tout va bien. Vous êtes en sécurité. Je m'appelle Doom, Doom-le-Scalde.

– Le… le… monstre, gémit-elle.

– Il est parti, mentit Doom. Calmez-vous, nous sommes des amis.

– Des… amis ? hoqueta-t-elle. Je n'ai pas d'amis.

– Regardez le garçon à côté de vous, insista-t-il.

Ægir reprenait conscience lui aussi. Aidé par Gaan, il parvint à s'asseoir. Sheylis plissa les yeux. Puis ceux-ci s'agrandirent d'étonnement.

– Ægir ? bredouilla-t-elle. Ægir-Peau-d'Ours ?

Ægir lui adressa un pâle sourire. Sheylis se traîna jusqu'à lui, et, à la stupéfaction générale, se jeta dans ses bras.

– Pardonne-moi, sanglota-t-elle. Je t'ai abandonné dans les montagnes. Je n'aurais pas dû. Et les dieux me l'ont fait payer bien cher…

Le vieux Gaan interrompit ces retrouvailles en se raclant la gorge.

– Je ne veux pas jouer les rabat-joie, mais il vaudrait mieux s'éloigner d'ici et mettre de la distance entre les démons et nous.

Le rappel de l'existence des Qamdars suffit à insuffler à chacun l'énergie suffisante pour se mettre en marche.

Les deux garçons prirent la tête du groupe, Gaan restant à l'arrière avec Sheylis.

– Qu'est-ce que tu lui as dit ? murmura Ægir à Doom qui le soutenait pour avancer.

– Rassure-toi, je n'ai pas parlé du lien entre le Dakan et toi.

– Mais il faudra bien que…

– Demain est un autre jour, répondit Doom. Maintenant tais-toi, et garde tes forces.

Ils laissèrent la clairière derrière eux et suivirent la piste sur un quart de lieue, avant de parvenir à la falaise où serpentait l'antique chemin qu'ils avaient emprunté pour venir.

Doom s'arrêta devant une marque discrète qu'il avait laissée pour indiquer le départ du sentier. Un hochement de tête du sorcier lui confirma qu'ils seraient plus en sécurité en suivant l'itinéraire périlleux que la piste arpentée par les prêtres du Crâne et les Naatfarirs.

D'autant que le jour commençait à poindre.

Ils quittèrent sans regret la route des Trois Montagnes.

56

Sheylis retrouvait peu à peu ses forces.

Tout se bousculait dans sa tête. L'absence de Naabin l'affectait particulièrement. Sahr'sâ l'avait-il tuée ? De tout son cœur, elle espérait que non. C'était leur unique prisonnière, désormais ; elle était forcément devenue précieuse pour le Crâne.

Et ce monstre, pourquoi ne l'avait-il pas attaquée comme il l'avait fait avec Lahg'sâ ? Elle n'allait pas pleurer sur le sort de son geôlier, mais il existait de plus agréables façons de mourir.

Quant à ses sauveurs… que devait-elle en penser ? Un miraculé qui croisait sa route pour la deuxième fois, un scalde qui semblait totalement dépassé par les événements et un vieillard qui se traînait devant elle sur le sentier à flanc de montagne.

Elle se mordit les lèvres. Malgré la confusion qui régnait dans son esprit, elle se savait injuste. C'était à ses nouveaux compagnons qu'elle devait d'être libre et en vie.

Elle se porta à la hauteur de Gaan, en prenant garde

à ne pas glisser. Elle avait beau ne pas être sujette au vertige, le chemin n'était pas large.

– Je peux vous aider, grand-père ? proposa-t-elle.

– C'est gentil, ça, répondit le sorcier en laissant la jeune fille passer devant et en posant sa main sur son épaule. D'habitude, c'est Doom qui me sert de guide, mais là, il est occupé avec Ægir.

Sheylis se rendit seulement compte alors que le vieil homme ne la voyait pas.

– Vous êtes aveugle ! Mais comment… ?

– Je suis privé de mes yeux mais pas de ma vision, répondit doucement Gaan.

C'était un Initié. Sheylis allait de surprise en surprise.

– Pardonnez-moi, maître. Je n'avais pas vu que…

Gaan se mit à rire.

– C'est moi qui suis aveugle et c'est toi qui ne vois pas. Plutôt amusant, non ?

Interloquée un bref instant, la jeune fille se permit de sourire. Le vieil homme était un sorcier, mais il ne ressemblait pas du tout à sa grand-mère. Il avait l'air doux.

– Toi aussi tu es sur la Voie, continua Gaan. J'ai trouvé les thun-lawz dessinés sur la peau d'Ægir. Je les ai activés et ils m'ont conduit jusqu'à toi.

Sheylis retint une exclamation de surprise. Ainsi, c'était le vieil homme qui avait allumé Elh dans le chariot !

– J'ai perdu mes jetons de pouvoir, avoua-t-elle,

penaude. Ils sont restés avec mes affaires, dans la clairière.

– Bah, un thun-lawz de perdu, dix de retrouvés ! Les jetons, ça se fabrique, comme toute chose.

– Ma grand-mère…

Son timbre se voila. Une douleur sourde monta dans sa poitrine. Elle se fit violence pour continuer :

– Ma grand-mère m'avait donné ces thun-lawz. C'était elle qui m'enseignait les choses de la Voie. Elle est morte…

Elle ne parvint pas à en dire davantage.

– Je suis désolé, compatit Gaan.

Surprise de s'être confiée à cet homme qu'elle connaissait à peine, Sheylis dissimula son embarras en poursuivant la conversation. Ce ne fut pas difficile, car mille questions se bousculaient dans sa tête.

– Où allons-nous ? Et comment vous êtes-vous retrouvé avec ces deux garçons ? Pourquoi êtes-vous venu à mon aide ? Pourquoi ce monstre s'est-il jeté sur moi et où a-t-il disparu ? Et que… ?

Gaan l'interrompit, avec son ton de voix inimitable, à la fois compréhensif et désinvolte.

– Je te répondrai plus tard, Sheylis. Pour l'heure, une chose m'intrigue : que faisais-tu avec les prêtres du Crâne ?

– Ils m'ont enlevée à Ayhun, répondit-elle. Je ne sais pas pourquoi, ni où ils comptaient m'emmener. D'après la fille qui était prisonnière avec moi, on se dirigeait vers les terres kaafris. L'un des prêtres a aussi parlé d'une prophétie. Comme quoi les dieux seraient mourants et en passe d'être remplacés par le Crâne, enfin, un délire de ce genre.

– Une prophétie ? dit le sorcier en fronçant les sourcils. Hum ! laissons cela de côté. Ce qui est important, c'est que tu sois sauve.

– Et Naabin, l'autre prisonnière ? demanda Sheylis.

– Nous ne pouvons rien pour elle, soupira Gaan en secouant la tête. Cependant, je pense sincèrement que sa vie n'est pas en danger.

Sheylis hocha la tête. Malgré tout, parce qu'elle considérait la jeune fille comme étant sous sa protection, elle avait le sentiment de l'avoir abandonnée.

– Pauvre Naabin, lâcha-t-elle lugubrement.

– Ton amie s'est simplement éloignée, la réconforta Gaan. Vos destins se sont séparés. Ils peuvent se recroiser plus tard, mais c'est Ægir qui a besoin de toi à présent.

Sheylis fit non de la tête.

– Mon surnom, c'est Mauvais-Œil. J'attire la poisse autour de moi.

– Et moi, on m'affuble du sobriquet de Gaan-le-Fou. Pourtant, je t'assure que j'ai toute ma raison ! Alors, chemineras-tu avec nous ?

Comme à son habitude, Sheylis s'efforça de saisir le dessein des dieux. Ils avaient sauvé Ægir d'une mort certaine dans les montagnes. Ils avaient mis ensuite l'Initié sur sa route. Les dieux auraient-ils déployé tant d'efforts pour rien ?

– J'irai avec vous, si vous voulez bien de moi, murmura-t-elle en baissant les yeux.

– C'est une bonne décision, approuva Gaan. Tu ne la regretteras pas. Doom a un caractère de cochon et il chante comme un chat martyrisé, mais il cuisine bien. Ægir est toujours à la traîne, il cause peu, mais c'est un gamin attachant.

Accompagnant sa dernière tirade d'une grimace, il ajouta :

– Quant à moi, eh bien, je suis le compagnon de voyage idéal !

Sheylis se fendit d'un nouveau sourire.

– Est-ce que je peux savoir où nous allons ? demanda-t-elle.

– Nous nous rendons à Kesh-la-Grande, répondit Gaan. Un de mes amis nous apportera là-bas aide et protection. Tu seras à l'abri des manigances du Crâne.

Kesh-la-Grande. C'était une destination comme une autre, surtout si elle l'éloignait de Sahr'sâ et des fous furieux du Crâne. Peut-être se trompait-elle sur les volontés divines, mais aucune autre perspective ne lui paraissait meilleure que celle de faire un bout de chemin avec ses étranges compagnons.

57

Sahr'sâ vit l'aube apparaître avec un soulagement qu'il n'avait encore jamais éprouvé.

Les Qamdars crièrent leur frustration.

Mais le soleil timide qui se hissait lentement au-dessus des montagnes convainquit les plus acharnés de battre en retraite et de regagner les tombeaux d'où ils avaient surgi. Ils jetaient sur les proies qu'ils abandonnaient des regards avides de sang.

Naabin avait repris connaissance. Ses yeux, figés par l'horreur, ne regardaient nulle part. Elle ne s'était même pas rendu compte que Sheylis avait disparu.

Le prêtre, épuisé par la longue nuit de veille au cours de laquelle il avait entretenu le sort de la brume, arracha la canne du corps desséché de son ancien confrère. La magie avait bu son sang et attaqué sa chair.

Le crâne clignota un instant puis s'éteignit. Que devait-il faire à présent ?

Je dois rentrer. Ramener la prisonnière à Dihr. Redéfinir son objectif l'aida à clarifier ses pensées. Il se frotta les yeux et secoua la tête. Il devait bouger.

Agir. Retrouver sur les choses l'emprise dont il avait l'habitude.

Sahr'sâ quitta l'aire de feu à grands pas et gagna l'endroit où les bêtes avaient été parquées. Les chevaux avaient disparu, en fuite ou dévorés par les démons. Les bœufs laineux, en revanche, étaient toujours là, dans un état de nervosité parfaitement inhabituel chez ces gros bovins placides. Pour une raison inconnue, les Qamdars les avaient épargnés mais avaient provoqué chez eux une émotion bien légitime.

Sahr'sâ choisit le moins paniqué du lot, le détacha et le conduisit au chariot. Il fixa sur le dos de l'animal un bât qu'il chargea des affaires de l'expédition restées intactes. Le bœuf se calma dès qu'il sentit sur lui le poids rassurant de la charge.

Puis le prêtre alla ramasser la jeune fille prostrée et l'installa sur la bête, en prenant soin de bien l'y attacher. La démarche du bœuf laineux provoquait un fort roulis ; il était facile de tomber si l'on ne se cramponnait pas aux longs poils qui le couvraient.

Il sortit ensuite de sa tunique une carte du royaume et la consulta.

À l'allure tranquille de l'animal, ils mettraient de longs jours pour atteindre le territoire des Kaafris. Il faudrait s'arrêter en route pour acheter de la nourriture. Des vêtements également, histoire de voyager plus discrètement. Le Crâne n'avait pas toujours bonne presse dans le pays et il ne disposait plus de son escorte pour éloigner les fâcheux.

Ayant étudié l'itinéraire du jour, Sahr'sâ rangea la précieuse carte.

Tenant le bœuf par sa longe, vérifiant régulièrement que Naabin restait bien attachée, il prit la piste en direction du col.

Pour passer le temps, Sahr'sâ commença à réfléchir aux événements dont il serait amené à faire le récit aux enquêteurs des archives du temple, qui collectaient sur le royaume des informations de toute nature.

Pour que s'accomplisse la prophétie.

Pour la plus grande gloire du Crâne.

58

Lorsque Ishkar fit irruption dans la clairière, elle était déserte.

Les Qamdars avaient fui avec le lever du jour. Les cadavres de la nuit avaient été emportés ou dévorés. Seuls témoignaient de la présence du Crâne à cet endroit le chariot abandonné dans un coin, un bœuf laineux miraculeusement épargné par les démons, et un feu éteint depuis longtemps.

– Y a-t-il une chance pour que les prêtres s'en soient sortis ? demanda-t-il au sorcier qui se portait à sa hauteur.

– Possible, répondit Chakor-le-Noir en considérant rapidement la clairière. Il fit quelques pas. Celui-là y est resté, se réjouit le gros homme en désignant le cadavre de Lahg'sâ près des cendres. Et ce n'est pas l'œuvre des démons.

– Un règlement de comptes ?

– Peut-être.

Ishkar ne fit aucun commentaire. Il décida de

laisser à Chakor l'initiative d'enquêter dans un endroit puant la magie et les créatures maléfiques.

L'opinion qu'il se faisait du sorcier noir avait radicalement changé au cours des événements de la nuit. Chakor s'était comporté courageusement et loyalement. En plus, il avait montré d'étonnantes qualités guerrières. Tout cela plaisait au chef naatfarir.

Après avoir enfin échappé aux Qamdars, ils avaient attendu que le soleil se lève au bord de la piste, près d'un feu. Ishkar avait posté le Dakan pour faire le guet et ils avaient discuté, tous les deux, comme cela arrive fréquemment quand des guerriers sortent vivants d'une sale embûche. Les épreuves soudent les hommes plus sûrement que le partage du quotidien. Ils avaient tous les deux regretté l'absence d'un tonnelet de bière, s'accordant sur les vertus réconfortantes de cette boisson.

Puis Chakor, en soignant le bras du guerrier, avait évoqué avec beaucoup de naturel sa vie au sein du peuple naatfarir. Il s'était moqué de leurs défauts sur un ton qui aurait, en toute autre circonstance, provoqué la colère d'Ishkar, mais qui cette nuit-là l'avait fait sourire.

À son tour, Ishkar lui avait fait part de ses réserves quant à l'usage de la magie. Chakor avait alors tenté de présenter son sacerdoce sous un meilleur jour.

Pour finir, le gros homme lui avait dit qu'il commençait à l'apprécier, et il s'en était fallu de peu que le guerrier lui retourne cet aveu.

– Viens voir, lança Chakor qui s'était penché vers le sol.

Ishkar s'approcha. Intrigué, il observa la trace aperçue là par le sorcier.

C'était une empreinte de Dakan.

– Le gosse ! s'exclama Ishkar. Il était là. Il s'est transformé.

Cette découverte balayait enfin ses doutes et les nombreuses questions qu'il ressassait depuis la veille.

– Tu es sûr qu'il ne s'agit pas du nôtre ?

– Certain. Celui-là est plus petit. Et notre Dakan n'a pas eu l'occasion d'approcher le feu des prêtres.

– C'étaient des filles avec eux, rappela Chakor. Quant au chariot, il était vide. Non, ça ne colle pas.

– Qu'est-ce qui ne colle pas ?

– Le garçon que nous cherchons. Il n'était pas avec les prêtres.

– Mais il est venu ici !

– De toute évidence, reconnut Chakor avec perplexité. Peut-être en avait-il lui aussi après le Crâne…

– Nous y réfléchirons plus tard, dit Ishkar qui redevint le chef de l'expédition.

Il se dirigea d'un pas rapide vers le Dakan qui avait retrouvé, sur l'injonction du Naatfarir, son apparence humaine. Il ne restait plus, des vêtements qu'il portait la veille, qu'un pantalon déchiré, mais il ne semblait pas souffrir du froid. Les habits de rechange qu'Ishkar gardait pour lui dans ses fontes avaient disparu en même temps que son cheval.

Le guerrier se félicita encore une fois de n'avoir pas perdu, en même temps que le reste, le collier qu'il destinait au garçon. Après avoir sorti l'artefact de ses bagages, sur la grand-route, il l'avait conservé à la ceinture. Sans ce geste exécuté machinalement, leur traque aurait perdu toute chance de réussite.

Le chef naatfarir intima au Dakan l'ordre de débusquer son congénère. L'homme au collier réagit à cet ordre de manière inhabituelle, comme il l'avait déjà fait à Ayhun, sur le pont. Il devint nerveux, agita la tête dans toutes les directions.

L'excitation s'empara de lui lorsqu'il identifia l'empreinte.

– Intéressant, commenta Chakor en l'observant.

– Qu'est-ce que ça veut dire ? Pourquoi réagit-il comme ça ?

– Je n'en sais rien, répondit le sorcier en haussant les épaules. Je trouve simplement sa réaction curieuse. Bon, on y va ? Sinon il va nous semer. Il est gonflé à bloc, ton gars.

Le Dakan piétinait d'impatience devant la piste empruntée par Ægir et ses amis quelques heures plus tôt.

59

Le trajet fut long jusqu'au Fleuve.

Le sortilège qui leur avait barré la route à l'aller ne s'était pas reconstitué, mais l'exiguïté du sentier et la fatigue due aux événements de la nuit rendaient leur pas lent et hésitant. Ce fut une épreuve dont ils se seraient tous passés. Gaan, parce que ce n'était plus de son âge (il ne cessait de le répéter) ; Sheylis, parce que la main du sorcier sur son épaule se faisait de plus en plus pesante ; Ægir, parce que ses douleurs s'étaient réveillées, et Doom, parce qu'il avait l'impression que son ami tentait de prendre la place de son luth sur ses épaules.

Lorsqu'ils atteignirent la plage où ils avaient laissé le radeau de pierre, le soleil était déjà haut. On n'avait pas touché à l'embarcation, toujours dissimulée sous son amas de branches. L'eau métallique et épaisse clapotait contre la pierre.

Ils s'accordèrent un bref repos, puis les deux garçons, encouragés par le sorcier, commencèrent à dégager l'esquif.

– Je vais le lui dire maintenant, annonça Ægir.

Doom attrapa son ami par la manche.

– Attends un peu. Rien ne presse. Tu viens seulement de la retrouver !

– Mais on va grimper sur ce bateau ! Si Sheylis ne supporte pas l'idée de voyager avec moi, elle sautera à l'eau et…

– Elle n'en fera rien. C'est une fille solide, on en a eu la preuve cette nuit, quand elle a veillé sur son amie malgré les horreurs qui nous environnaient. Et si elle veut vraiment nous quitter, je la ramènerai sur la berge. Ça te va ?

Ægir hésita.

– En plus, continua Doom qui sentait son ami fléchir, tu auras tout le temps de réfléchir à la meilleure manière de commencer tes confidences. Ne gâche pas tout dans la précipitation.

Ægir hocha la tête, il se rendait aux arguments du scalde.

– Je vais attendre mais je le lui dirai.

– Je sais, soupira Doom. Tu es aussi têtu que le vieux Gaan.

Ils achevèrent de débarrasser le radeau des dernières branches qui l'avaient caché.

Sheylis retint un cri de surprise.

Elle se libéra du bras de Gaan sur son épaule et fit un pas en avant. Elle n'en croyait pas ses yeux.

L'embarcation vibrait d'une puissance magique qui stimulait tous ses sens, pourtant peu aiguisés, de simple apprentie. Elle n'avait jamais vu de sortilège pareil, ni aussi parfait. À côté de celui qui avait mis en œuvre une telle science, sa grand-mère aurait passé pour une débutante.

– C'est vous qui avez fait ça ? demanda-t-elle à Gaan, d'une voix stupéfaite.

– Qui d'autre ? répondit le vieil homme.

– C'est… magnifique.

– Tu parviens à voir dans ce radeau autre chose que de la pierre ?

L'intérêt de Gaan s'était brusquement éveillé.

– Oui, bien sûr. Les lignes de magie sont si pures ! Ce n'est plus un sortilège, c'est de l'art. Oui, c'est ça : une œuvre d'art.

Tandis que la jeune fille restait plongée dans sa contemplation du radeau, le vieux sorcier réfléchissait.

Bien que tissé rapidement, le sort était subtil. Une apprentie de bon niveau aurait été capable de le percevoir, en se concentrant très fort, mais en aucun cas de l'identifier aussi clairement ni aussi spontanément. Cette fille était bien plus que l'élève d'une sorcière de village. Mais elle ne le savait pas elle-même.

Il se racla la gorge, pour attirer son attention.

Devant eux, indifférents à leur conversation, les deux garçons suaient sang et eau pour pousser le radeau sur le Fleuve.

– Tu as encore beaucoup de choses à apprendre, Sheylis, mais je crois que tu es une jeune fille douée. Je ne te propose plus seulement de nous accompagner à Kesh-la-Grande. Je te demande de prononcer un engagement d'apprentie et de recevoir de moi l'enseignement qu'aurait dispensé ta grand-mère si elle était encore en vie. Le veux-tu, Sheylis-Mauvais-Œil ?

La jeune fille était bouleversée. Si le vieil homme lui avait fait cette proposition dans les montagnes, malgré tous les signes que pouvaient lui adresser les dieux, elle aurait refusé. Car entrer en apprentissage impliquait de s'engager et de se soumettre à la volonté d'un autre, pour des années ! En échange, bien sûr, d'un savoir et de compétences, mais elle avait assez rongé son frein auprès de sa grand-mère pour aspirer à la liberté.

Sheylis se tordit nerveusement les mains. Accepter la proposition du vieux sorcier, c'était certes se lier, mais aussi gagner des connaissances qu'elle devinait immenses. Que lui avait apporté la liberté jusqu'à présent ? La peur, le froid, la faim, la solitude, la vulnérabilité, et même la captivité !

La notion de liberté était bien trop vaste pour y enfermer les fantasmes d'une jeune fille ignorante.

Elle décida de s'en remettre une fois de plus aux dieux et posa à Gaan une dernière question, plaçant tout son avenir dans un coup de dés.

Moins de trois, le chiffre sacré, j'accepte ; au-delà, je refuse.

– Vous avez déjà eu combien d'apprentis ?

Sa voix tremblait.

– Tu seras la première, répondit l'aveugle en faisant une grimace. Je n'ai jamais voulu m'encombrer de ce poids. Alors ça ne m'enchante guère, crois-moi. Surtout à mon âge, où on aspire avant tout à la tranquillité. Mais, comme par-dessus tout, je déteste le gaspillage, ne pas te former serait un énorme gâchis.

Sheylis, qui retenait sa respiration, relâcha son souffle et ferma les yeux. Ainsi en avaient décidé le vent, la foudre et les montagnes.

– J'accepte votre proposition, Gaan-le-Fou.

– Parfait ! se réjouit celui-ci. À présent, le rituel.

Il sortit d'une poche un morceau de bois à moitié carbonisé et traça dans la paume de sa main droite Asuh, le thun-lawz de la sagesse et de quelques qualités indispensables à l'enseignant. Il prit ensuite la main de Sheylis et dessina à l'intérieur Kenh, le signe de la concentration, des nouveaux départs et de la confiance en soi, qualités indispensables à l'élève. Puis ils se serrèrent la main, mélangeant les thun-lawz.

– Que faites-vous ? les héla Doom qui maintenait le radeau remis à flot près du bord, tandis qu'Ægir était déjà dessus.

– On arrive ! répondit Sheylis sans lâcher la main de celui qui était devenu son maître.

Elle plongea dans le regard blanc de Gaan ses grands yeux verts et elle eut l'impression que le vieil homme la voyait. Elle décida qu'elle l'aimait bien.

Puis, pressés par leurs compagnons, ils embarquèrent.

– En route pour Kesh-la-Grande ! lança l'aveugle en entraînant Sheylis vers la proue.

Sous l'impulsion de Doom, qui avait déjà repris son poste à la barre, le radeau fila rapidement dans le courant.

Le garçon saisit son luth et se mit à chanter :

– En route, oui, en route vers l'aventure !
Filons à toute allure !
Gaan le gâteux
Ægir le preux
la douce Sheylis…

– *Et Doom la saucisse*, termina à sa place le vieux Gaan. Désolé, ma fille, dit-il à Sheylis qui fixait le garçon avec des yeux ronds tout en se bouchant les oreilles. Kesh-la-Grande est encore loin. Comme je le disais, la route promet d'être longue et semée d'épreuves.

60

Le Dakan traversa la grève en courant jusqu'au Fleuve métallique, puis s'arrêta net.

Il se tourna d'un air malheureux vers Ishkar et Chakor qui arrivaient, épuisés par le rythme infernal que leur avait imposé leur guide depuis la clairière. Le chemin taillé dans la roche, surtout, avait constitué le pire moment de la poursuite. Il s'en était d'ailleurs fallu de peu pour qu'ils terminent au fond du ravin.

– Le gosse a embarqué ici, dit Chakor d'une voix hachée, en reprenant son souffle.

– Il n'a pas pu le faire seul, compléta Ishkar en s'assombrissant. Quelqu'un l'aide.

– Des membres de la corporation des bateliers ?

– Peut-être.

Il était inquiet autant qu'en colère.

– Que fait-on ? demanda le sorcier.

– Le Fleuve ne se remonte pas, répondit laconiquement le chef naatfarir. On va les suivre par la piste vers l'Aval.

– Jusqu'à Kesh-la-Grande ? ironisa Chakor.

– Jusqu'au gouffre d'Arahdu s'il le faut ! Si je rentrais les mains vides, sans le gamin, après avoir perdu Bishin et Teresh, je serais destitué, méprisé et exilé. Je n'ai pas le choix.

Il se tourna vers le sorcier.

– Je ne t'oblige pas à m'accompagner, Chakor-le-Noir. Tu n'es pas un Naatfarir. Je te délie de tes engagements auprès de moi. Te voilà libre de suivre ta propre route.

– Hum ! C'est une proposition intéressante… Mais je crois que je vais rester. Survivre ensemble à une nuit démoniaque, ce n'est pas rien. Et nous devrions nous séparer au petit jour, comme de vils marchands après une affaire ? Sûrement pas. Ne me considère plus comme un étranger à ton service, je te prie, mais comme un ami désireux de te prêter main-forte !

Ishkar resta silencieux. Avait-il déjà eu un ami ? Dans la structure très hiérarchisée des Naatfarirs, les chefs étaient seuls. Aussi cette proposition l'ébranla-t-elle plus qu'il ne le laissa paraître.

Il se contenta de hocher la tête et d'articuler un merci, ce qui fit naître chez le sorcier noir, qui n'était pas dupe, un large sourire.

– En route ! lança Chakor pour bien marquer qu'il n'y avait plus de chef et plus d'expédition, mais une improbable alliance entre un guerrier et un sorcier.

Le soleil, qui perça entre les nuages, fit pleuvoir

sur le Fleuve des gouttes de lumière qui transformèrent le ruban d'argent en rivière de diamants.

(…) *Des corniches de cristal*
j'ai vu le soleil s'abreuver au ruban de métal. (…)

J'ai entendu alors
comme une offrande
un chant venu du nord :

« Sur le radeau de pierre
tu partiras à Kesh-la-Grande
où les dieux vivent dans la lumière. » (…)

Le Chant du Fleuve ou *Voyage de Rosk-le-Borgne*
(extraits du chant II)

Extraits des archives du Temple, collectées par le Crâne et conservées à Dihr, la capitale des Kaafris.

Terre-Dragon : c'est un royaume montagnard, semblable à une île au milieu d'un océan de montagnes. Il est occupé par des clans et des tribus réunis par un Fleuve, par un long poème épique et par la crainte d'un Roi-Dragon que personne n'a jamais vu et qui vit cloîtré dans une tour à Kesh-la-Grande, la cité-capitale du royaume.

Fleuve métallique : ce pays de sommets et de cols enneigés, de forêts et d'alpages, de torrents, de vallées profondes, de glace et de rochers, où soufflent de nombreux vents et éclatent de fréquents orages, est traversé par un cours d'eau d'une consistance étrange (une sorte de métal souple et liquide), sur lequel naviguent des embarcations de pierre et où vivent poissons comestibles et créatures inquiétantes. De nombreuses rivières s'y déversent mais n'altèrent pas sa nature métallique. Le Fleuve prend sa source sur les plateaux du Nord-Est, dans le territoire naatfarir. On ignore ce qu'il advient de lui une fois franchies les limites du royaume, ses eaux s'enfonçant ensuite sous terre. Les habitants du royaume pensent que le Fleuve est habité d'une volonté propre.

Clans de Terre-Dragon : ils sont au nombre de trois. Ils doivent chacun leur nom à un fondateur ayant vécu dans les temps anciens. Ces fondateurs ont laissé à la postérité des coutumes consciencieusement respectées par leurs descendants. Ainsi, Shogh-le-Pieux était un ermite pauvre et dévot, Dird-le-Chenu un marchand uniquement intéressé par le commerce et la musique, Oqam-le-Pêcheur un oisif riche et paisible.

Tribus de Terre-Dragon : elles sont également trois. Leur origine est floue. Il semble qu'elles soient venues de l'extérieur du royaume dans les temps anciens. Les Naatfarirs sont des guerriers renfrognés et obtus vivant de l'élevage de chevaux et de rapines. Les Baadalis, voleurs et bagarreurs, produisent les céréales et les fèves qui nourrissent le royaume. Enfin, nous ne dirons que du bien des Kaafris (gens d'une haute valeur morale, qui ont une réputation de mystiques aimant rester entre eux), car ils sont nos amis et nos alliés. Certaines légendes rapportent que les trois tribus ont obtenu leur territoire du Roi-Dragon en échange d'un service éternel et irrévocable. Nous n'avons pas obtenu plus de renseignements à ce sujet, même chez nos alliés.

Les zones sauvages : certaines parties du royaume échappent à l'autorité des tribus, des clans et de Kesh-la-Grande, et il est fortement déconseillé de s'y aventurer. Il en est ainsi des marais troubles et empoisonnés de Mingoras, des étangs de Gansh, que l'on dit peuplés de fantômes, du plateau de Déosaï, arpenté par les fauves, et des alentours du mont Kashkar, où, selon la légende, habitent les dieux du royaume que le Crâne (gloire éternelle !) est amené à renverser.

Le Chant du Fleuve : aussi appelé *Voyage de Rosk-le-Borgne*. Il s'agit d'une très ancienne saga qui tient lieu de littérature à l'ensemble du royaume. Les habitants, clans et tribus confondus, tirent de ce texte fragmentaire des éléments de sagesse et de poésie. Quand ils découvriront les riches et lumineux préceptes du *Grand Livre du Crâne* (gloire éternelle !), ce poème infantile tombera rapidement dans l'oubli.

La magie : elle est présente depuis toujours à Terre-Dragon. Réveillée dans les temps anciens par des invocations élémentales, elle est désormais activée au moyen de thun-lawz, jetons de bois, de fer et de pierre, sur lesquels sont gravés des signes de pouvoir. La légende veut que ces signes aient été donnés aux hommes par les dieux venus s'installer dans le royaume. Cette magie semble bien faible et ridicule en comparaison de celle, de feu et de sang, que pratiquent les prêtres rouges du Crâne (gloire éternelle !).

Les sorciers : il en existe deux sortes. Les sorciers noirs, sortes de mages-guerriers adeptes de la violence, et les sorciers gris, chamans versés dans la connaissance. Ces deux catégories de sorciers ne s'apprécient guère. Les uns et les autres utilisent, à des fins différentes, les fameux thun-lawz. Leur nombre se raréfie, parce que la transmission des connaissances occultes ne s'effectue plus, la population prête à accueillir nos prêtres et recevoir la vraie parole du Crâne (gloire éternelle !) s'en défie de plus en plus.

Les créatures : le royaume est surtout hanté par des Qamdars, ou démons élémentaires, survivants de l'ancien temps. La rumeur publique rapporte également l'existence de géants, d'animaux sauvages habitant les montagnes, de sorcières maléfiques, et même d'hommes appelés Dakans, capables de se transformer en monstres. Il reste difficile de faire la part des choses entre la légende et la réalité, l'ensemble des vieilles croyances du royaume est tissé de sottises et de contradictions.

Les divinités du royaume : la population de Terre-Dragon honore trois divinités. Le Chevaucheur de Vent est le dieu aérien du Ciel, du Souffle et de la Pensée ; symbole de la puissance de l'esprit, il est lié aux pierres. Le Flamboyant ou Maître de la Foudre est le dieu du Courage, de la Force et de l'Énergie ; symbole de la puissance du corps, il est lié au fer. La Reine des Montagnes est la déesse de la Terre féconde et de l'élément liquide ; symbole de la puissance du cœur, elle est liée au bois. Un jour, la vraie religion, apportée par le Crâne (gloire éternelle !), balayera toutes ces croyances ridicules et dépassées.

Les temps anciens : temps qui ont précédé l'arrivée dans le royaume des trois dieux et du Roi-Dragon. Il semble que la population d'origine soit celle des clans, les tribus étant arrivées après le Roi-Dragon ou en même temps. Le *Voyage de Rosk-le-Borgne* se situe à la fin des temps anciens et marque en quelque sorte le début de l'ère du Roi-Dragon. On ignore tout des croyances et de l'organisation sociale des temps anciens. Seul a subsisté le souvenir des trois patriarches (Shogh, Dird et Oqam) et de quelques rituels liés aux éléments. Bientôt, grâce au Crâne (gloire éternelle !), les temps actuels rejoindront les temps anciens dans un passé révolu et une nouvelle époque commencera enfin.

Erik L'Homme

L'auteur

Erik L'Homme est né en 1967 dans le Dauphiné et passe son enfance dans la Drôme. Après des études d'histoire à l'université de Lyon, il part à la découverte du monde pendant plusieurs années, avec son frère photographe. Le succès de ses romans pour la jeunesse, notamment la trilogie du *Livre des Étoiles*, celle de *Phænomen*, ou encore la série *A comme Association* écrite avec Pierre Bottero, lui permet aujourd'hui de partager son temps entre l'écriture et les voyages.

Du même auteur chez Gallimard Jeunesse

FOLIO CADET
Contes d'un royaume perdu, n° 462

FOLIO JUNIOR
Cochon rouge, n° 1523

Les Maîtres des Brisants
1 - *Chien-de-la-lune* 2 - *Le Secret des abîmes*, n° 1471
3 - *Seigneurs de guerre*, n° 1597

Phænomen

1 - *Phænomen*, n° 1463

2 - *Plus près du secret*, n° 1482

3 - *En des lieux obscurs*, n° 1498

Le Livre des Étoiles

1 - *Qadehar le Sorcier*, n° 1207

2 - *Le Seigneur Sha*, n° 1274

3 - *Le Visage de l'Ombre*, n° 1319

HORS-PISTE

Les Maîtres des Brisants

1 - *Chien-de-la-lune*

2 - *Le Secret des abîmes*

3 - *Seigneurs de guerre*

GRAND FORMAT LITTÉRATURE

Le Livre des Étoiles

1 - *Qadehar le sorcier*

2 - *Le Seigneur Sha*

3 - *Le Visage de l'Ombre*

Phænomen

1 - *Phænomen*

2 - *Plus près du secret*

3 - *En des lieux obscurs*

A comme Association

1 - *La Pâle lumière des ténèbres*

3 - *L'Étoffe fragile du monde*

5 - *Là où les mots n'existent pas*

6 - *Ce qui dort dans la nuit*

7 - *Car nos coeurs sont hantés*

8 - *Le Regard brûlant des étoiles*

Terre-Dragon

1 - *Le Souffle des pierres*

2 - *Le Chant du Fleuve*

3 - *Les Sortilèges du vent*

SCRIPTO

Des pas dans la neige

Le Regard des princes à minuit

ALBUM JUNIOR

Contes d'un royaume perdu

Découvrez une autre série

d'**Erik L'Homme**

---

dans la collection

folio junior

LE LIVRE DES ÉTOILES

I. QADEHAR LE SORCIER

n° 1207

Guillemot est un garçon du pays d'Ys, situé à mi-chemin entre le monde réel et le Monde Incertain. Mais d'où lui viennent ses dons pour la sorcellerie que lui enseigne Maître Qadehar ? Et qu'est devenu *Le Livre des Étoiles* ? Dans sa quête de vérité, Guillemot franchira la Porte qui conduit dans le Monde Incertain, peuplé de monstres et d'étranges tribus…

II. LE SEIGNEUR SHA

n° 1274

Après son voyage dans le Monde Incertain, Guillemot poursuit son apprentissage de la magie à Gifdu. La Guilde des Sorciers est en émoi : elle ne parvient pas à vaincre l'Ombre, créature démoniaque, et rend Maître Qadehar responsable de cet échec. Le Sorcier doit fuir, tandis qu'un mystérieux personnage, le Seigneur Sha, s'introduit dans le monastère. Qui est-il ? Pourquoi veut-il rencontrer Guillemot ? Saurait-il où se trouve *Le Livre des Étoiles* ?

III. LE VISAGE DE L'OMBRE

n° 1319

La nouvelle a retenti comme un coup de tonnerre au pays d'Ys : Guillemot a été enlevé par l'Ombre, l'adversaire le plus redoutable qu'il ait jamais eu à affronter ! En le retenant prisonnier, l'Ombre veut accéder aux ultimes sortilèges du *Livre des Étoiles*. Malgré ses pouvoirs exceptionnels, Guillemot résistera-t-il à cette puissance maléfique qui s'apprête à dominer les Trois mondes ?

Le papier de cet ouvrage est composé de fibres naturelles,
renouvelables, recyclables et fabriquées à partir de bois
provenant de forêts gérées durablement.

Mise en pages : Dominique Guillaumin

Loi n° 49-956 du 16 juillet 1949
sur les publications destinées à la jeunesse
ISBN : 978-2-07-058262-4
Numéro d'édition : 294470
Dépôt légal : août 2016

Imprimé en Espagne par Novoprint (Barcelone)